海天译丛

卡扎菲的最后一夜

La dernière nuit du raïs

Yasmina Khadra

［法］雅斯米纳·卡黛哈 / 著

黄荭 / 译

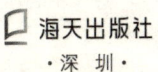

海天出版社

·深 圳·

图书在版编目（CIP）数据

卡扎菲的最后一夜／（法）雅斯米纳·卡黛哈著；
黄茝译. —— 深圳：海天出版社，2019.3
　（海天译丛）
　ISBN 978-7-5507-2589-8

Ⅰ．①卡… Ⅱ．①雅… ②黄… Ⅲ．①长篇小说–法
国–现代 Ⅳ．①I565.45

中国版本图书馆CIP数据核字(2018)第303308号

版权登记号　图字：19-2016-027号
La Dernière Nuit du Raïs
by Jasmina Khadra
© Éditions Julliard, Paris, 2015
Current Chinese translation rights arranged through Divas
International, Paris　巴黎迪法国际版权代理

卡扎菲的最后一夜
KAZAFEI DE ZUIHOU YIYE

出 品 人　聂雄前
责 任 编 辑　林凌珠　岑诗楠
责 任 校 对　万妮霞
责 任 技 编　梁立新
封 面 设 计　知行格致

出版发行　海天出版社
地　　址　深圳市彩田南路海天综合大厦（518033）
网　　址　www.htph.com.cn
订购电话　0755-83460239（邮购）　83460397（批发）
设计制作　深圳市龙瀚文化传播有限公司 0755-33133493
印　　刷　深圳市华信图文印务有限公司
开　　本　889mm×1194mm　1/32
印　　张　7
字　　数　120千
版　　次　2019年3月第1版
印　　次　2019年3月第1次
定　　价　38.00元

如果你想

向着最终的和平前行，

那就对折磨你的厄运微笑吧，

但不要折磨任何人。

——莪默·伽亚谟[1]

---

[1] 莪默·伽亚谟（Omar Khayyam，1048—1122），波斯负有盛名的数学家、天文学家、医学家和哲学家。著有《鲁拜集》《代数学》等，修订过历法，曾主持修建天文台，当过宫廷御医。（本书注释均为译注）

目　录

苏尔特，2区

2011年10月19到20日的夜里

小时候，舅舅曾带我去沙漠。对他而言，那次远行不仅是寻根，更是一种精神的净化。

我当时太小，他一再教导我的话我听不太懂，但我很喜欢听他说话。

我舅舅是个不知名也不自负的诗人，一个谦卑、惆怅的贝督因人，只满足于在岩石后面支起他的帐篷，侧耳倾听风掠过沙漠的声音，那风就像一个飘忽不定、转瞬即逝的幽灵。

他有一匹枣红色的骏马，两头警觉的北非猎犬，一支老枪。他猎盘羊，比谁都更懂如何给跳鼠（因药用价值而变得紧俏）下套，还有蜥蜴，他给它填上稻草、涂上清漆、做成标本后拿到市场上去卖。

当夜幕降临，他生起一堆宿营的篝火，用过一顿简餐和一杯齁甜齁甜的茶之后，就沉浸在遐想中。看着他和砾漠的沉寂荒凉声息相通，那一刻在我看来便是神的恩赐。

有时候，我感觉他的灵魂已经脱离了他的肉体，留下来陪伴我的只是他的皮囊，就像挂在营帐入口毫无生趣的山羊皮做的假人。那时，我感觉自己孑然一身在这世上，突然对神秘的撒哈拉心生畏惧，沙漠围绕在我的周围，就像神话中的一群神灵，我用指头去摇我的舅舅让他的魂魄回到我的身边。他回过神，眼睛亮亮的，冲着我微笑。我从来没见过比这更美的微笑，既没有在那些我宠幸过的女人的脸上、也没有在我豢养的那群朝臣的脸上看到过。我的舅舅保守，谦逊，行动缓慢，感情内敛。他说话的声音几乎听不见，但他跟我说话的时候，声音就像一首圣乐拨动我的心弦。目光迷失在星光闪烁的天边，他说地上每一个勇士都会得到天上一颗星的指引。我让他把我的那颗指给我看。他毫不犹豫地把手指向月亮，仿佛那是真主注定。从那以后，每次抬眼仰望天空，我都看到一轮满月。每天夜里都是。那是我的满月，永不会缺，永不会被遮盖。照亮我的路。那么美，任何仙境美景远远比不上它。它光芒四射，令周围的群星黯淡。那么大一轮，在浩瀚的宇宙中显得卓尔不群。

我舅舅信誓旦旦地说我是古斯部落被选中的孩子，会重现卡扎菲一族被遗忘的史诗和昔日的荣耀。

今晚，63年以后，我感觉苏尔特天上的星星好像少了。而我的满月，只剩下并不比剪下来的指甲更大的一道灰白色月牙。世上所有的浪漫都被正在燃烧的房屋的烟呛到了，空气中弥漫着战斗的尘土和硝烟，在火箭弹的呼啸声中湮灭。曾经让我的灵魂安静下来的寂静有一种末世的意味，而时不时在某些地方响起的机枪声仿佛想戳破一个武力所不能及的神话，也就是我，引路人，在奇迹中诞生的不会犯错的先知，被认为是奇特的人，在汹涌的大海中央像一座灯塔一样屹立不倒，用它光明的手臂，扫清阴险的黑暗和巨浪的飞沫。

我听到我的一个警卫躲在黑暗中说，我们正在经历"怀疑之夜"，暗自思忖黎明透过山坡上的战火会照在我们身上，还是会把我们送到受刑柴堆的烈焰之上。

他的话让我很生气，但我并没有教训他。没有必要。他只要还有一点点头脑，就不会由着性子说出这番亵渎神灵的胡话。在我面前，没有比这更恶劣的冒犯了，只要我还活着，就证明一切都还未成败局。

我是穆阿迈尔·卡扎菲。仅这一点就足以让人坚定信念。

我就是那救世的人。

我不怕狂风骤雨，也不怕反抗背叛。摸摸我的心，它已经预示了叛军溃败的节奏……

真主与我同在！

难道我不是他在人群中选中、要让最强大的国家和他们贪婪的霸权付出代价的那个人吗？我只是一个看穿了这一切的年轻军官，我内心的愤怒不会在唇边流露一丝一毫，但我敢于对既定的事实说不，对各种滥用权力怒吼"够了"！我彻底改变了命运，就像把牌翻过来，拒绝发牌。这是枪打出头鸟的时代，无需诉讼也不用预先通知。我清楚地意识到了危险，我承受这一切，从容而冷静。显然，一项正义的使命应该得到捍卫，因为这才是存在最重要的条件。

因为我的愤怒是正确的，我的决心是合法的，真主把我推到军旗和国歌之上，为了让全世界都看到我，听到我的声音。

我不相信"十字军"①的丧钟在为我敲响，开明的真主历来都会战胜无耻的行径和阴谋，当一切昭然于天下，真主依然会屹立不倒。今天反对我的——这场为反对我的传奇而发动的假惺惺的起义，这场草率的战争——只不过是我征程上的一次考验。难道不恰恰是一次次的考验造就了诸神？

从混战中出来，我将比以往都要强大，就像凤凰在灰烬中重生。我的声音会传得比子弹的射程还要远；我只要在讲台上敲一下手指就可以让风暴平息。

我是穆阿迈尔·卡扎菲，创造神话的人。如果今晚苏尔特的天空星星少了，而且我的月亮小得就像剪下来的一截指甲，那也是为了让我成为唯一重要的星座。

他们可以向我发射所有的导弹，我只当作是为我庆祝的烟火。他们可以炸毁山丘，我在崩塌声中只听

---

① 这里指的是北约的盟军。

见民众的欢呼。他们可以在我的守护天使身边安插成群的妖魔鬼怪，没有任何邪恶的势力可以改变我已写好的使命，甚至在阿布哈迪这个小村庄降生之前，我就已经注定是那个为被压迫的民族复仇、让魔鬼和他的帮凶屈膝的人。

"兄弟领袖……"

一颗流星划过天空。这个声音！从何而来？

我从头到脚颤了一颤。百感交集。这个声音……

"兄弟领袖……"

我转过身。

是我的副官，僵硬地屈着身，站在临时客厅的门口。

"怎么啦？"

"您的晚餐已经准备好了，先生。"

"端到这里来。"

"最好还是到隔壁房间去用餐。我们已经把窗户遮起来，并点了蜡烛。而在这里，一点光亮就会暴露您的行踪。对面的大楼里可能有狙击手。"

第一章

副官引我走到隔壁房间。烛光摇曳，让遮住窗户的帘子看上去更加显眼，这个地方让我越发感到忧伤。一个衣橱横倒在地，镜子碎了；一张软垫长椅露出了它里面的棉絮；被撬开的抽屉这儿那儿的丢了一地；在墙上，一家之主的照片飘飘欲坠，被打出了好多子弹眼。

我儿子莫塔西姆，苏尔特的安全负责人，是他为我的士兵们选了2区中心一所废弃的学校作为作战总部。敌人以为我躲在铜墙铁壁的宫殿的某个地方，完全不能适应简朴的生活做派。他们想不到要在一个这么破烂的地方找我。他们忘了我是贝督因人，是卑微民众的君王，君王中最卑微的一个，可以在简朴中悠然自得，可以坐在沙堆上甘之若饴。小时候，我挨过饿，穿着打满补丁的短裤和破了洞的鞋子，很长时间我都赤脚走在滚烫的石子路上。贫穷是我的伙伴。我饥一顿饱一顿，缺米的时候，天天都吃块茎植物。夜里，蜷在被子里，双膝贴着肚子，我有时会梦见一个鸡腿，让我口水直流。后来，虽然我生活奢华，但那无非是视富贵如粪土，所有钱可以买到的都不稀罕，任何圣杯都不能把一口葡萄酒升华为圣水，不管身上穿的是破衣烂衫还是绫罗绸缎，人永远只能是你自己……我是穆阿迈尔·卡扎菲，既是坐在王位上也是坐在路边里程碑上的君王。

我不知道自己住了几天的这栋和学校挨着的房子是谁的——很可能是属于我的某个忠诚的国民，否则无法解释房子的萧条景象。暴力的痕迹尚新，但整座房子俨然已是一座废墟。汪达尔人①来过这里，抢走了值钱的东西，毁掉了他们带不走的一切。

---

① 汪达尔人于公元429—534年在北非建立一个王国，455年曾洗劫罗马。此后他们就成了肆意破坏和亵渎圣物的同义词。

　　副官费了好大力气才把一张椅子上的灰抹掉，并摆了一张配得上招待我的桌子。他用床单铺在桌子和椅子上面，以遮住它们的"伤口"。在一个我不晓得从哪儿翻出来的托盘上，摆了一个瓷盘，里面放着所谓的晚餐：仔细切好的裹着肉汁的腌牛肉，一块化了的奶酪，几块士兵吃的压缩饼干，几片西红柿和一个在碗底渗出汁的破橙子。后勤已经跟不上了，日常的伙食几乎不够养活我的御用军。

　　副官请我在椅子上就座，然后笔直地站在我对面。他的肃穆在这个乱糟糟的屋子里显得有些滑稽。他黝黑的脸上，坚毅的轮廓不足以表达不可违背的誓言。此人爱我胜过世上的一切，为了我他可以付出生命。

　　"你叫什么名字？"

　　我的问题让他吃了一惊，他粗糙的脖子上喉结一动。

　　"穆斯塔法，兄弟领袖。"

　　"你多大？"

　　"33岁。"

　　"33岁。"我重复道，被他的年轻感动了，"想想我和你一样年纪的年代，都恍若隔世了。那么久远，我都几乎不记得了。"

不知道应该说点什么还是沉默，副官开始擦托盘周围的桌子。

"你是从什么时候开始为我服务的，穆斯塔法？"

"从13岁开始，先生。"

"我好像以前没有见过你。"

"我是接替不在的……我以前负责车库。"

"另一个红棕色头发的小伙子去哪儿啦？他叫什么来着？"

"马赫。"

"不，不是马赫。那个高个子红棕色头发的，他母亲在一次空袭中遇难的那个。"

"沙贝尔？"

"是的，沙贝尔。我没再看见过他。"

"他死了，先生。一个月前，他遇到了埋伏。他像一头狮子一样反抗，战死之前甚至还杀了几个伏兵。一枚火箭弹击中了他的车。我们没能找回他的尸体。"

"那马赫呢？"

副官低下头。

"他也死了？"

"他三天前投降了，趁一次出去采购军需的机会投了敌。"

"他曾经是个勇敢的小伙子，风趣，有使不完的劲儿。我们说的肯定不是同一个人。"

"当时我和他在一起，先生。我们的卡车开回来的路上，看到叛军的一个路障，马赫跳下车，举起双手朝叛军跑去。中士朝他开了枪，但没打中。中士说反正马赫是完蛋了。叛军并不收容俘虏，他们会折磨俘虏，然后处决。马赫现在肯定躺在尸体堆里慢慢腐烂。"

他不敢抬起他的头。

"你是哪个部落的，我的孩子？"

"我出生在……班加西①，先生。"

班加西！光听到这个名字我就想吐，恨不得一场海啸把这座该死的城市和它周围的村庄统统摧毁。一

----

① 利比亚东北部城市，曾为利比亚首都。

切都是从那里开始的，就像一场突如其来的大规模疫病，像魔鬼一样占有了人们的灵魂。我本应该在第一天就剿灭它的，把起义者一条巷子一条巷子、一栋楼一栋楼地赶尽杀绝，当众把这些害群之马剥皮抽筋以儆效尤。

副官觉察到我将要喷发的怒火。如果他脚下的地裂开一条缝，他一定会毫不犹豫地钻进去。

"我很抱歉，先生。我宁愿自己出生在下水沟或一条小帆船上。在这座不幸的城市降生、曾经和那些背信弃义之徒同坐在咖啡馆里让我感到羞愧。"

"这不是你的错。你父亲是做什么的？"

"他退休了，以前是邮差。"

"你有他的消息吗？"

"没有，先生。我只知道他从城里逃出来了。"

"有没有兄弟？"

"只有一个，先生。他是空军军士。我听说他在北约[①]的一次空袭中受伤了。"

他的下巴就要陷到锁骨窝里去了。

---

① 北大西洋公约组织，是美国与西欧、北美主要发达国家为实现防卫协作而建立的一个国际军事组织。

"你结婚了吗？"我心疼地问他。

"是的，先生。"

我指了指他绑在手腕上的皮护腕，他赶紧把它藏到袖子里去了。

"那是什么？"

"是斯瓦希里人的护身符，先生。我在黑市上买的。"

"有什么辟邪作用？"

"没有，先生。我看着喜欢，红绿丝线编的。我本来是想把它送给我大女儿的，可惜她不喜欢。"

"礼物是不能拒绝的。"

"我女儿不常见到我，所以她对我的礼物总是不满意。"

"你有几个孩子？"

"三个女儿，大的已经13岁了。"

"她叫什么名字？"

"卡拉姆。"

"可爱的名字……你已经多久没见你孩子了？"

"可能有七八个月了。"

"你女儿，你想她们吗？"

　　"就像您想念您的人民一样，兄弟领袖。"

　　"我可没有离开我的国家。"

　　"我不是这个意思，先生。"

　　他颤抖了，不是因为害怕。这个男人崇拜我，他整个人都在颤抖。

　　"我会让哈桑派你回家。"

　　"为什么，先生？"

　　"你女儿需要你。"

　　"所有人民都需要您，兄弟领袖。我的家庭就如同大海里的一滴水，现在待在您的身边是我无上的光荣和幸福。"

　　"你是个勇敢的年轻人，穆斯塔法。你应该享受和女儿团聚的欢乐。"

　　"那我会这辈子第一次违背您的命令，这会让我伤心欲绝。"

　　他很真诚，穆斯塔法。他的眼睛闪着泪花，那是在纯洁的灵魂身上才看得到的。

　　"可是，你应该回去。"

　　"我的职责就是待在您身边，兄弟领袖。就算拿天国的一个位置来换我也不换。没有您，任何人都无法得到拯救，更别提我的几个女儿了。"

"坐吧。"我指指我的软垫长椅，对他说道。

"我不会允许自己坐的。"

"这是命令。"

极度的尴尬让他整张脸都变形了。

"伸出你的舌头。"

"我从来没有欺骗过您，兄弟领袖。"

"伸出你的舌头。"

他咽了咽口水，脸稍稍侧到一边，嘴唇张开，露出一小截苍白如石灰的舌头。

"你已经有多少天没吃东西了，穆斯塔法？"

"什么？……"

"你的舌头都变白了，这证明你已经有段时间没吃东西了。"

"兄弟领袖……"

"我知道我的伙食都是从你的口粮里匀过来的，我的很多士兵都饿着肚子，为了我有东西吃。"

他低下头。

"吃吧。"我对他说。

"我不会允许自己吃的。"

"吃吧！我需要我忠诚的卫士走得动路。"

"力量是发自内心的，而不是从肚子里来的，兄弟领袖。无论是饥饿、干渴、残废，我都能找到力量保卫您。我可以到地狱寻找烈火将胆敢把手伸到您身上的人烧成灰。"

"吃吧！"

副官还想再次反驳，但我的目光把他震住了。

"我在等。"我对他说。

他用力地吸了口气，让自己冷静下来，下巴抽搐了一下，激动的手碰到一块压缩饼干。我感觉他用了全身的力气才有勇气把这片饼干捏住。我听到他在喘气。

"这是怎么啦？穆斯塔法？"

那块他还没来得及嚼碎的饼干噎住他了。

他没理解我的问题。

"他们为什么这么做？"

他终于明白我的话，放下饼干。

"他们疯了。"

"这不是一个答案。"

"我没有别的答案，先生。"

"我是不是对我的民众不公？"

"不是，"副官喊道，"从来都没有，我们国家从来都没有过比您更开明的领袖、更慈祥的父亲。以前我们不过是些尘土满面的牧民，无所事事的国王把我们当脚垫，而您让我们成了我们所渴望的自由的人民。"

"我是否应该把外面爆炸的火箭弹当作是我还不知道是什么的庆典的礼炮？"

副官缩了缩脖子，好像突然背负了所有叛逆者的耻辱。

"他们肯定有一个理由，你不觉得吗？"

"我看不出有什么理由，先生。"

"你有时放假回家。就在叛乱发生的班加西。你去咖啡馆、清真寺、公园。你肯定听到过有人诅咒我，不是吗？"

"人们不会在公共场合批评您，兄弟领袖。我们到处都有眼线，我听到的都是对您的赞美。此外，谁要是对您不敬，我定不会饶他。"

"我们的眼线都是又聋又瞎，他们连一点苗头都没有看出来。"

他不知所措，开始搓手。

"我同意，"我缓了缓语气，"人们在公共场合什么也不说，这很正常，但舌头在私底下就会放松警惕。除非你得了自闭症，否则你至少听过一次你的一个亲友、一个表兄、一个叔叔说我的坏话。"

"我们全家都热爱您。"

"我也很爱我的儿子，但这不妨碍我有时候会反对他们。在你家，大家都爱我，我相信。但有些人总会在一些小事上指责我，说我太武断，会犯一些大家都容易犯的错误。"

"我从来没听过任何一个亲友说您的坏话，先生。"

"我不相信你。"

"我发誓，先生，我们家没有人指责您。"

"这不可能，甚至先知穆罕默德①都受到过指责。"

"您没有……至少在我家里没有。"

我把双臂交叉放在胸前，默默地打量了他很久。

我又开始问他：

----

① 穆罕默德（约570—632），政治家、宗教领袖，被认为是真主派到人间的最后一位使者。

"为什么人们起义反对我？"

"我不知道，先生。"

"你是不是脑袋被什么堵住了？"

"我只是一个车库的管理员，先生。"

"但这并不妨碍你有自己的意见。"

他开始流汗，喘不过气来。

"回答我。为什么他们起义反对我？"

他在找答案，就像在炮弹下找避难所一样。手指的皮都快给他搓破了，喉结也动个不停，他感觉就像掉进一个陷阱，而他的命运就取决于他的回答。

他大着胆子回答：

"有时候，太平静了就会无聊，有些人惹是生非只是为了有点事儿做。"

"就来找我的碴儿了？"

"我们认为，证明自己长大的唯一方式就是杀死父亲。"

"继续说。"

"他们反对长子继承权……"

"不，回到父亲的话题……你说'杀死父亲'。我希望你就这个话题再发挥发挥。"

"我没有受过足够的教育。"

"明白这个道理不需要是天才，无论他做过什么、说过什么都不能杀死自己的父亲，"我失控地吼道，"在我们家，父亲和先知一样神圣不可侵犯。"

爆炸让窗户上仅剩的玻璃乒乓作响。或许是一枚炸弹，仿佛听见远处有一架战斗机飞走了。接下来是废墟上的死寂，像坟墓一样深。

在旁边的几个房间，人们又开始动起来。我听见一个军官在下达指令，一扇门嘎吱作响，四处听到一些脚步声……

"吃吧！"我对副官说。

这一次，他把饼干推开，摇了摇头：

"我什么都咽不下去，兄弟领袖。"

"那就回家，回到你女儿身边。我不想再在这里见到你。"

"我说了什么话让您不高兴了？"

"走吧，我要祷告了。"

副官听从了我的命令。

"先把这些收掉，"我对他说，"把这顿可怜的饭菜收了，把它分给那些认为为了长大必须杀死父亲的人吃。"

"我从来没想过要冒犯您。"

"从我眼前消失。"

"我……"

"滚！"

他的脸从一张战士的脸变成一张死人脸。这个人废了，他已经没有命可以献给我了。他知道他的存在、他的信仰、他的勇敢，所有他认为好的品质都一文不值，因为我现在的愤怒已经赶走了我对他的信任。

我恨他。

他伤了我的心。

他不配再跟着我了，我的影子对他而言只是深不可测的深渊。

第二章

我去底楼和我的亲信们会合。

阿布·贝克尔·尤尼斯·亚贝尔将军，我的国防部部长，他的身影让人想到降了一半的国旗。

一周前，他拍桌子发誓说我方的形势要好转，翻手之间那些野蛮的乌合之众就会被消灭。借助作战地图，他指出敌人攻防工事的漏洞，强调内部斗争可以削弱叛军的联盟，夸口说有成千上万的爱国军民会成批成批地和我们会合，他们不停地鏖战，同时加固我们最后的堡垒的城墙。

我的儿子莫塔西姆听信了他的话，目光咄咄逼人。

我呢，我一只耳朵听他讲，另一只耳朵听城里的喧哗。

将军的狂热不久就熄灭了，取而代之的是越来越多的怀疑。我的一些军官已经从我们的队伍里开溜了，另一些被俘虏之后当场处决；他们的头颅被挂在山头，尸体被挂在小型载重汽车后面，穿过大街小巷在柏油路上游行示众。我还见过有几个被摆在墙头，就像是阴森森的战利品。

三天来，当叛军在我们对面的镇上嘲笑挑衅的时候，阿布·贝克尔沉默了，他的脸如今变得像纸一样白。他拒绝进食，在角落里赌气，无法斥责他的那帮中尉，而平时他咆哮起来比炮弹轰炸还厉害。

我不知道为什么，尽管他忠心耿耿，还是不能让我对他完全放心。班加西军事学院的同级同学，1969年政变时他就已经站在我这边，是革命指挥委员会十二个成员之一。阿布·贝克尔一次都没有让我失望过，也从未欺骗过我；然而，只要我看着他的眼睛，就会发现他现在只是头被吓坏的小鹿，一个受到我的庇护和恩惠的宠物。

阿布·贝克尔怕我就跟怕厄运一样，只要有一丝怀疑，我就会立刻把他从我的战友和拥护我的传奇统治的人当中清除出去，以前我也无动于衷地清除过不少人，只要他们开始偷偷反对我的合法地位。

"你在想什么呢，将军？"

他连抬下巴都困难。

"没想什么。"

"你确定？"

他在座位上动了动，没有回答。

"你也想开溜是吧？"我突然拿话试他。

"我心里想都没想过。"

"你以为你有心？"

他皱起了眉头。

"放松，"我对他说，"我逗你的。"

我希望可以缓和一下气氛，但心不在焉。当我想和这群人开玩笑的时候，大家都把我的话当真。将军首当其冲。一个领袖是不会幽默搞笑的，他的影射都是指令，他说的逸闻趣事都是警示。

"您认为我会逃走吗，元首？"

"谁知道呢？"

"能逃到哪儿去？"他嘟囔了一句，很受伤。

"逃到敌人那里去。我的很多部长都投降了，穆萨·库萨，我升他当了外交部部长，他跑到英国人那里要求政治庇护；阿普杜勒·沙尔冈姆，我的旗手，宣过誓的，背叛了我，成了联合国的密使，接受叛军和外国雇佣兵的委任……"

"我从来没把这些人放在心上。他们只是些投机者，为了一点点好处连母亲都会出卖。我呢，我全心全意地爱戴您，我永远不会抛下您。"

"那你为什么让我一个人待在楼上？"

"您在祷告，我不想打扰您。"

我丝毫不怀疑阿布·贝克尔，他对我的忠心简直就跟他的迷信一样不可动摇。我知道他定期去看纸牌占卜师，以确信我对他的信任完好无损。

我朝他凶是因为我生气。

我不喜欢他在我面前坐着。

通常，他在电话的一头听到我的声音都会"啪"地立正，当我挂掉电话的时候他会大滴大滴地冒汗。

该死的战争！它不断地颠覆有用的东西，把它们变成无谓的齑粉。我挑剔说将军行为举止太随便，那也是因为在这段时间出现背叛变节的现象太普遍，我需要听到别人对我说，他永远不会抛下我。

"怎么弄的，你下巴那块乌青？"

"可能是磕到墙了，也可能是我撞到床绷了。我不记得了。"

"给我看看。"

他把脸上那块受伤的地方给我看。

"看上去很严重。你应该找医生看看。"

"没这个必要，"他边揉下巴边说，"而且，我一点都不觉得痛。"

"莫塔西姆有消息吗？"

他摇摇头。

"芒苏尔在哪里？"

"他在后面的房间里休息。"

我示意一个士兵去把我的人民卫队队长找来。

芒苏尔·德豪来了，状态很糟糕。袒胸露臂，胡子拉碴，头发乱蓬蓬的，几乎站都站不住。他恍惚地向我咧了一下嘴，就走过去靠在墙上，免得摔倒。他已经几天几夜没有合眼了，目光就像深渊一样空洞和黑暗。

"你在睡觉？"

"我真的很想睡两分钟，元首。"

"因为你觉得你被人叫醒了？"

他努力想让自己有点体面的样子，但白费力气。

他的衬衫跟抹布一样，裤子也皱巴巴的，穿在他身上看着太空荡荡了。我发现他把皮带扣子往里扣了好几个扣眼。

我按住他的双肩，等他抬起头，好让我直视他的双眼。

"别自暴自弃，先生，"我对他说，"我们会脱离困境的，我向你保证。"

他摇摇头。

"刚才的炸弹是怎么回事？"

他耸耸肩。

我想扇他耳光。

阿布·贝克尔别过头去。他知道人民卫队队长的态度跟远处传来的机关枪的声音一样让我无法忍受。

"有莫塔西姆的消息吗？"

芒苏尔摇摇头，感觉他的脊椎都要断了。

"那赛义夫呢？"

"他在南方集结队伍，"将军说道，"很可能在希巴一带。根据我们得到的情报，他应该很快就会发起反攻。"

我勇敢的儿子赛义夫·伊斯拉姆！他要是在我身边，一定会替我收拾这些垂头丧气的人。他遗传了我恪守誓言和无所畏惧的优点。事实上，我几乎从不担心他。他机灵又大胆，他答应了什么事情，一定会遵守诺言，把它看得和自己的名誉一样重要。他答应我要重整我被北约空军打散的部队，对长驱直入的叛军予以决定性的拦截。赛义夫有超凡的能力，很有号召力。那些卖主求荣的叛徒，他只要一口就可以把他们吃掉。

一个中尉进来报告。他的着装有待改进，但情绪非常饱满。他对部长说：

"哨兵说敌人的机动小分队和侦察小分队正边打边撤，将军。"

"他们撤退时是不会打的，"芒苏尔反驳道，气鼓鼓的，"他们不过是隐蔽起来了。"

"这说明什么？"

"说明他们下午已经开始把前哨撤了，为了隔离我们。我想很快我们就会遭到狂轰滥炸了。"

28

我不想听更多的解释。

芒苏尔让中尉下去，等到只剩下我们三个的时候，才告诉我们：

"我的话务员拦截到一些加密的信息。一切都让我们相信盟军的空军会把2区当作目标。这些叛徒走狗的撤退证实了这种可能性。"

"莫塔西姆在哪里？"

"去征用车辆了，"阿布·贝克尔边说边站起来，"我们不能再躲在这里等戏剧性的一幕发生来解救我们。我们缺少口粮、军需物资和行动的自由，我们的部队已经筋疲力尽。苏尔特基本上已被封锁，钳子越夹越紧。"

"我原本以为莫塔西姆忙着去巩固他的卫戍部队去了。临时改主意是怎么回事？"

"是您自己下令征用车辆的。"

"难道我现在的记忆出现漏洞了？"

将军皱了皱眉头，被我的健忘惊得说不出话来。他又解释说：

"不会有增援了，元首。"

"为什么呢？"

"赛义夫·伊斯拉姆在南方，鞭长莫及。我们应该尽快从苏尔特撤离。只有这样，我们才有机会前往被叛军完全放弃的希巴，整顿军队，并在赛义夫的帮助下，对米苏拉塔展开合围。南方各部落还是忠于我们的，它们可以保障军需。"

"你是从什么时候开始改变计划的，将军？"

"今天早晨。"

"这你也不告诉我？"

将军眨了眨眼睛，再次被我的问题惊到了：

"可是，元首，因为是您亲自建议撤离苏尔特的。"

我不记得自己曾建议做这么危险的调遣。为了不让自己丢脸，我也就顺水推舟了。

芒苏尔跪倒在地，一只手按在地上，一只手按在额头上，感觉他是要把五脏六腑都掏出来让我看。

"莫塔西姆上校在那个地区还有一些可靠的人马，"将军试着安抚我，"四点整，他就会组织好一支强大的车队，我们可以试着突围。叛军撤退是个天赐良机，他们终于让我们有一点喘息的机会。叛军已经撤掉了42、43和29号路障，很可能是隐蔽起来了，如果话务员的情报确实的话。我们朝南部边打边撤。如果莫塔西姆能弄到四五十辆车，我们就有机会突破封锁。如果和敌军发生冲突，我们可以散开队形。城里一片混乱，都不知道谁指挥谁，我们可以趁乱离开苏尔特。"

"为什么不现在就撤？"我说，"趁敌军的空袭还没有炸到我们头上。"

"莫塔西姆上校得花上几小时时间才能征集到足够数量的汽车。"

"你跟他有联系吗？"

"不能用无线电报，我们用通信兵传话。"

"他具体在什么位置？"

"我们等侦察兵回来才能知道。"

芒苏尔让身子靠着墙往下滑，最后干脆坐到地上。

"有点样子好不好，"我冲他喊道，"你以为是在你妈妈家的院子里啊？"

"我头痛得厉害。"

"可你得赶紧恢复冷静。"

芒苏尔重新站起来，脸上的皱纹就像是被刀刻出来的，配上他有些呆滞的目光，一副垂死野兽的模样。阿布·贝克尔朝他推过去一张椅子，他拒绝了。

"你真的认为他们会朝我们轰炸？"我问他。

"显然。"

"或许只是为了钳制我们。"阿布·贝克尔揣测道，他只是想表示自己站在我这边，而没有经过深思熟虑。

"否则他们不会命令机动小分队从前哨撤走的。"

"你认为他们已经知道我们在哪儿了？"

"谁都不知道您在哪儿，元首。他们只是瞎打，等着我们自己暴露。"

"很好，"我对他说，"我上楼休息了。有什么新情况再通知我。"

第三章

他们打扫了我的房间，用篷布把窗户遮住了，并用一个汽车电瓶供电弄了一盏小夜灯。

在给我当床的长沙发下面，我找到一个细细的小金镯子，应该是哪个小姑娘的。这是一件精心打造的首饰，背面刻了一行字：给卡蒂嘉，我的天使，我的太阳。我想看看卡蒂嘉长什么模样，于是在抽屉和架子上找了找。什么都没有。没有留下一张照片，丝毫没有曾经生活在这栋房子里的家庭成员的任何痕迹，除了客厅里父亲——或是祖父的照片。我试着想象他们过去在这里生活的情形。或许是一户沉浸在爱和宁静中的富裕人家，母慈子孝。他们到底犯了什么错，顷刻之间美梦就破灭了？为了让利比亚我的人民血液里跳动着欢乐、节日和希望，我不遗余力，为了让天使、阳光和孩子们的笑脸同在。

　　我看到危险大踏步而来，清楚地看到那些垂涎我富庶国土的强盗们的胃口有多大。应该拉响什么警报？尽管我已经提醒那些阿拉伯国王了，这些耽于逸乐享受之徒只听信臣民的谄媚。当初他们在开罗穿得西装笔挺，排成一排，偷偷地互相打量，有一些戴着世袭的皇冠，目空一切，另一些呆呆傻傻根本没个正经的样子。一些新来的自以为是，不过是些跳梁小丑，骨子里脱不了乡巴佬的那副德行，从魔术师的帽子里直接变出石油美元①的埃米尔②，裹着幽灵一样服装的苏丹，显然对论坛上争先恐后、夸夸其谈的演说倒胃口。他们为什么在那里？他们对和自己保险箱里的钱无关的问题完全不感兴趣，只关心如何把腰包塞满。他们根本不了解外面瞬息万变的世界，也不了解

---

① 指出口石油而获得的外汇。
② 埃米尔是某些国家酋长、王公、统帅的称号，穆罕默德的子孙的尊称。

天边随时就要来临的暴风骤雨。国民的不幸、年轻人的绝望、民众的流离失所，这些他们根本就不放在心上。他们坚信自己不会处于不利的局势，他们只管统治，正如人们所言。而且，他们也没什么可担心的，因为他们既不搞改革也不是顽固不化的死硬派。

在联盟的最后一次峰会上，当他们面带高傲的笑容而各怀鬼胎时，我就曾经警告过他们：萨达姆·侯赛因是他们的前车之鉴。所有人都暗地里冷笑。还有本·A，我的真主！本·A……那个西装革履、懦弱的国家元首，在他那群帮凶中间大玩政治手腕，而在西方国家派来的最后一名密使面前却服帖得像一块煎饼！他当时就在我对面，为了憋住笑，脸涨得通红。他觉得我可笑。我本应该离开讲台，当面向他吐唾沫。

可悲的本·A，一副穿得冠冕堂皇的皮条客的嘴脸，满足于把自己的国家卖给出价最高的嫖客。我对他这副臃肿浮夸做作的样子从来都没有好感。我不喜欢他的发型，也不喜欢他那蹩脚的总统风范。

那天晚上，我住在赛义夫·埃尔–伊斯拉姆家里。

我在客厅的一角陪孙子玩。

赛义夫站在电视机前，双臂交叉在胸前，被巨大的电视荧屏展示的那一幕惊呆了。示威游行愈演愈烈。群情激昂，所有人的脸上都充满了仇恨，唾沫星子横飞的嘴高嚷处死本·A。警察在愤怒的群众不可阻挡的步伐面前抱头鼠窜，警告和催泪弹都无法控制汹涌的人潮。

我对这种骚乱兴趣不大。不管怎么说，我还是很高兴看到本·A被他的子民反对。那天晚上，当他用颤抖的声音哀求他的人民回家的时候，轮到我憋住笑。看到他恐慌的样子真是一种享受。我感觉很爽。自从他荒唐地当上了总统以后，我就知道他爬得越高只会摔得越惨。

一个恶棍被抬举到元首的位置！

我几乎以有他这样的同僚而感到羞耻。

突然，赛义夫拍了一下掌，表示难以置信。

"他逃跑了……本·A开溜了。"

"你以为他会怎么做，我的儿子？这家伙只是个纸老虎，他听到一声牛放屁都会以为是枪响。"

"不能这样，"赛义夫咽了口唾沫，气愤地说，

"不应该这样，他不能现在离开。"

"不称职的人什么时候离开都是时候。"

赛义夫惊呆了。他不停地拍手，元首这么快就当了逃兵让他感到既恶心又气愤。

"他真是恬不知耻，丢了我们大家的脸。他不该就这样轻易放弃的，一个领袖是不会把呢斗篷拱手让人的。这个胆小鬼正在丢我们大家的脸。"

"没丢我的脸。"

"该死！权力都掌握在他手上，他只要皱皱眉头就可以重新稳定局势。他的警察和军队都是干啥吃的？"

"跟那帮穿军服游行的娘儿们一样呗。"

"对一个国家领导人来说真是太丢脸了！"

"他从来就不是一个国家领导人，赛义夫。他只是个发了财的皮条客，随时准备一有风吹草动就开溜。一个偷偷摸摸的窃贼都比他有骨气。"

赛义夫开始咒骂。

我呢，我早已把孙子再次抱在怀里，背对电视。

那些人的反抗一直都让我感到厌烦，雷声大雨点小。

第四章

我听到一辆车到了。

是我儿子莫塔西姆和车队一起回来了？

我冲向走廊，飞快地下了楼梯。

一楼冷冷清清的，只听到朝大楼安全出口奔去的
脚步声。

在院子里，有一辆普通的汽车，在发动机关掉之
前轰轰地响。是一辆破烂的小型载重汽车：风挡玻璃
千疮百孔，车窗全碎了，车身变成了筛子，一个轮胎
爆了，轮子贴着轮圈，边上露出橡胶磨破的絮絮。

司机打开车门，垂头丧气地靠在方向盘上，一只

脚踏在地上，另一只脚还在车里。几个士兵从后排车座上拉出两具尸体。一个脑袋被打开花了；另一个嘴巴张得大大的，两眼翻白。在司机右边的座位上，有一个人在呻吟。

阿布·贝克尔走近汽车，芒苏尔跟在他后面。

"这些人是从哪里冒出来的？"

"是侦察排，将军。"一个上尉回答。

"侦察排？我只看到一辆车。"

"另两辆车被火箭筒击中，"司机有气无力地解释道，"无人生还。"

"怎么会这样，无人生还？"芒苏尔大叫，"先熄灯，蠢货。你以为你在香榭丽舍大街啊？"

司机熄了灯，动作笨拙又缓慢。

"莫塔西姆上校呢？"我问他。

"他已经越过34号据点了。"

"你看见他穿过敌人的防线的？"

"是的，先生，"他费劲地回答，马上就要晕过去了，"我们一直把他送到街区的边界，当叛军竭力阻止他的时候，我们掩护了他。"

"在跟元首说话的时候你应该立正。"我呵斥道。

司机差一点就瘫倒在方向盘上。他集聚最后的力气抬了一下头，呻吟着说：

"我站不起来了，先生。我的腹股沟中了两弹，小腿上也有一片弹片。"

芒苏尔冲两名士兵打了一个手势，让他们把坐在前排座位上的伤员抬走。

"到底发生了什么事？"阿布·贝克尔问道。

司机扭动了一下身体，深深地吸了一口气又呼出来，好像担心自己还没报告完就昏过去：

"当我们确定莫塔西姆上校脱险后，"他说，"中士试图潜入34号和56号据点，想了解敌人新的防线。我们深入他们的防区大约4公里都没有遇到抵抗。回来的路上，我们落入一个陷阱。几个小分队用火箭筒攻击我们，两辆车爆炸了。我不知道自己是怎么成功撤退的。"

"你为什么回来这里？"我冲他吼道，"而且还没有熄车灯，敌人肯定跟踪你了！因为你的愚蠢，他们肯定已经知道我们在哪里了！"

司机被我骂得目瞪口呆。

"但我能去哪儿？先生，车上还有三个伤员。"

"见鬼去吧，白痴！你不应该让司令部总部冒风险。我警告你，如果我们被敌人发现，我就枪毙你！"

上尉帮司机从车子里出来，一只胳膊搂着他的腰，把他朝医务室拖去。

其他士兵还待在那里，僵立在小卡车前面，好像一尊尊木雕一样。

芒苏尔·德豪陷在一张扶手椅里，看着指甲，忧心忡忡。有时候，他自言自语，做出一些精神病人才有的动作，看着他崩溃的样子简直让人无法忍受。我需要我最亲密的战友有最基本的克制。投降的人和拒绝战斗的人之间没有任何区别。我甚至要说前者至少还有勇气表现他的懦弱，而后者是完完全全废了。

这个撂挑子的人，这个偏离了航向、失魂落魄的人让我感到恶心。在我眼里，他就是没用的废物。

在这个给我们临时办公的房间里，阿布·贝克尔·尤尼斯·亚贝尔在研究一张作战地图，衬衫上和腋窝下有一大片汗渍晕开的痕迹。我肯定他只是在假装扮演他已经无法把握的角色。时不时地，他清清嗓子，装作对地图上的一个细节很感兴趣，把整个身子都趴在桌上，手托着腮帮子，为了向我展示他是多么专心致志。他的小把戏一点都不让人信服，但至少他这么做会让我心里稍稍好过一些。

我们三个人都待在这个房间里，眼巴巴地等着莫塔西姆的信差到来。没有上校的消息，我们越来越感到自己在分崩离析。每过去一分钟，我们都感觉自己身体的一部分在离开我们。

我的脾气变得越来越火爆。和外界切断了联系，像一棵蔬菜一样傻傻地等着迟迟不出现的儿子的消息，这简直让人难以忍受。我的命运就像扔钱币游戏一样，那枚钱币一直悬在空中，像铡刀一样锋利。

芒苏尔不再看他的指甲了。他左顾右盼，我不知道他在找什么，在两个扶手中间扭来扭去，好像在琢磨自己到底身在何处。当他弄明白自己的位置后，又重新陷在他的扶手椅里，揉搓着他的大拇指和中指，神秘兮兮地摇起头来。在内心纠结了很长一段时间后，他把注意力转移到将军身上，用讽刺的口吻冲他说道：

"你在你的水晶球里看到什么东西了？"

"什么水晶球？"将军头也不回地嘟囔了一句。

"你的地图。你已经琢磨半小时了，总有什么结果吧？"

"我正在研究向南撤退的各种可行方案。"

"我还以为今天早上路线就已经画好了。不管怎么说，我们剩下的唯一出路，就是南方。"

"是的，但敌人的总部时刻都在变化。根据我们几支侦察部队的报告……"

"我们的那两三个小分队，你叫它们侦察部队？依我看，它们正在黑暗中摸不到北呢！"

"你的看法还是自己留着吧！不要教我怎么做！"

芒苏尔继续看他的指甲，不停地在啃，脖子缩在肩膀里，低声发着牢骚：

"我们不应该离开宫殿的。"

"别说瞎话了！"将军说。

"我们在地堡里很好。有睡觉的地方，有吃的，不怕空袭也不怕炮轰。看看我们现在的处境，一架直升机就可以把我们全部消灭。"

将军把铅笔放在桌边。他意识到人民卫队队长在向他挑衅，他想避免冲突。撤离宫殿是他的主意，他根本就不用说服我——那也是我的观点。我之前想避难的所有住所都被盟军的空军摧毁了，包括我亲友和我几个儿子的家。在这一场可怕的追杀中，北约毫不犹豫地把炸弹朝我的孙子们扔去，当场把他们炸死而不觉得丝毫可耻和遗憾。

"如果不撤离，我们可能会被堵在地道里。"将军用惊人的冷静推论道。

"你以为我们在这里就没有危险了？"芒苏尔坚持道。

"在这里，我们至少没有被发现。而且，就算打起来我们也有更大的空间可以周旋。如果待在宫殿的地下，叛军只要用一把风镐或一台挖掘机在钢筋混凝土上打个洞，在缺口处接根管子通到里面，就可以把我们毒死。"

"那好歹还能有个全尸，不是吗？"

我差一点就要跳起来把人民卫队队长踩在脚底下踩个稀巴烂，但我太累了。

"芒苏尔，"我对他说，"如果没话说，你就闭嘴。"

"将军已经控制不了局面了……"

"芒苏尔，"我用干巴巴的声音又对他说，我的声音泄露了我内心喷薄欲出的怒火，"俄罗斯谚语警告说：Yazik moï vrag moï①，你别逼我拿钳子拔你的舌头。"

突然，一阵很大的爆炸声从远处传来。

将军转了个身，脸色苍白：

"北约的轰炸开始了！"

芒苏尔发出轻轻的冷笑：

"镇定，老兄，你担心早了。"

"是吗？"将军反驳道，有点恼火。

"作为一个将军，"卫队队长继续冷嘲热讽，"分不清炸弹爆炸和炮弹的声音的区别，真叫人绝望。"

我很想拔出武器，把这个无礼傲慢的家伙打死——但他那副无动于衷的样子让我打消了这个念头。

"那你认为这是什么声音呢？"我问他。

---

① "我的舌头是我的敌人"，即祸从口出的意思。

45

芒苏尔那种漠不关心的口吻让我后悔把手枪放在房间里了。

"只可能是莫塔西姆。他炸毁了街区的弹药库，为了不让它们落入叛军的手中。"

"你怎么知道的？"部长嘟囔了一声。

"是你自己派这个任务给他的，将军。"芒苏尔轻蔑地说道，"我猜想你一恐慌就不记得自己下的乱七八糟的命令了。"

"闭嘴，"我命令卫队队长，我一方面被他的态度气疯了，另一方面因为得知是个假警报而松了一口气，"我不允许你对我的部长不敬。就算他现在掌控不了局面，但他一声不吭地努力去弥补，而你呢，你只会发脾气搞得我们头昏脑涨。"

"但我一直保持审慎。叛军都变成军火贩子了，他们把我们的军火库卖给Aqmi①和他们的同伙。据最新的线报，我们在我们的土地上培养、保护、资助、供养了多年的革命辎重队正准备加入基地组织。"

"挑拨离间！那些革命军是我的孩子，他们受到

———————

① 马格里布基地组织。

46

叛军的围捕。我儿子赛义夫·伊斯拉姆尝试让他们归队，以期发动一次大规模的反攻，一周内就可以把这支受'十字军'随便差遣的叛军扫荡干净。"

芒苏尔打了个手势，站起身离开了房间，动作迟钝，阴沉着脸。

"不能怪他，"阿布·贝克尔对我说，"他很沮丧。"

"我不喜欢别人在我面前一副垂头丧气的样子，跟这个失败主义者待一刻钟就相当于服一年的苦役。他让我又烦又气。"

"我理解，先生。他会振作起来的，只是暂时累坏了。"

"等时局一稳定，我一定好好教训他。"我向他保证……"好了，我要上楼去我的房间了。把阿米拉给我叫来。"

走之前，我用手指叩了叩将军的胸膛：

"盯紧芒苏尔，如果他要开溜就干掉他，不要犹豫。"

将军同意了，眼睛盯着地面。

第五章

阿米拉看到我躺在沙发上，头巾遮在脸上。这是一个结实而灵活的女子，肤色黝黑，头发茂密，丰乳肥臀。她是我第一批保镖中的一员：一个勇敢无畏、不知疲倦的女战士，自从招她进来之后，她就没有离开过我半步。傲慢，但极其忠诚，在她风华正茂的那阵子，有时候我会允许她和我同吃同睡。

她立正，给我行了一个标准的军礼。裹在反恐别动队的军装里，她看上去更高大了。

"给我量血压。"我命令道。

她解开一个包的带子，取出血压计。

　　我的专职医生在北约轰炸的第二天就从的黎波
里消失了，从此阿米拉成了我的专职护士。在司令部
总部我们有两三个医生，但出于谨慎，我决定不用他
们。他们跟造反派年纪相仿，是不是会辜负我的信任
还真不好说。

　　"您的血压正常，先生。"

　　"好极了。现在，给我打针。"

　　她从包里掏出一小包海洛因，倒在一个小汤匙
里，点燃打火机。

　　我闭上眼睛，伸出一边的光膀子。我很害怕打
针。13岁时我对打针产生了恐惧心理，当时有个实习
生把针头断在我的屁股里，之后引起的感染让我在床
上躺了几个星期，害我差一点残废。

　　阿米拉给我绑了压脉带，在我的小臂上拍了两三
下好选一根静脉。当她解下压脉带的时候，我问她：

　　"还剩下多少个针筒？"

　　"半打，先生。"

　　"海洛因呢？"

　　"三包。"

　　"你肯定没有任何人动过我的存货？"

"这个包我一刻不离身的，先生。白天起来和晚上睡觉都贴身带的。"

她把用具放回包里，等我的命令。见我不说话，她开始脱衣服。

"不，今晚不要，"我制止她，"我今天没心情。你就给我按摩按摩脚吧。"

她重新扣上上衣扣子，开始给我解鞋带。

女人……

我有过几百个。

各种各样的。

女艺术家，女知识分子，处女，女仆，赞同我或阴谋反叛我的那群政客的妻子，我都一一领略过。

规则很简单：我把手搭在我的猎物的肩膀上，我的人就会在晚上主动把她送来给我，我的床上铺着丝绸床单，让肌肤之亲更令人心醉神迷。

也有一些女人会反抗，我喜欢征服她们就像征服那些反叛的地区。当她们屈服了，瘫倒在我的脚下，我意识到自己的王权有多大，我的高潮胜过了涅槃的喜悦。

没有什么比一个女人更美，更珍贵。天空尽管闪烁着亿万颗星星，它都不如一个宠妃的身影更令我遐想。如果无法赢得美人的一个亲吻、一个拥抱、怀中的一刻缠绵……那么诗歌、荣誉、骄傲、信仰都只是枉然。我可以拥有世上所有的财宝，但只要一个女人拒绝我，我就又成了最可怜的男人。

我染上这个名叫"爱情"的奇妙疾病是在费赞部落的塞卜哈学校。我当时15岁，脸上有几颗青春痘，几根初生的绒毛般的胡须。法丹是校长的女儿，她有时候会来看我们这群男孩子，在学校的操场上和我们打打闹闹。她的眼睛大大的，一头黑发垂到臀部，皮肤半透明，仿佛就是从仲夏夜之梦中走出来的。我对她一见钟情。我失眠的夜里充满了她的芬芳，只有在幻想和她幽会的时候才闭上眼睛。

我给她写了好多封热情似火的情书，却一封都不敢塞给她。她就住在学校里，一栋正门很大、窗户遮着帷幔的房子，铁栅栏把法丹和我分开，就像中国的长城一样无法逾越。

后来因为要去米拉苏塔继续我的学业，我就见不到她了。

几年后，我在的黎波里又找到了她的踪迹，她家搬到了那里。这就好像命运把叛乱分子从我这里夺走的财产又还给了我：法丹命中注定是属于我的！

穿上通讯部队年轻军官的制服，我带着一盒在城里最好的糕点店买的什锦蛋糕去她家求婚。

那一天的每一个细节我都记得清清楚楚。那是个星期三，我刚圆满地完成了在英国军队的实习回国，部队给我休了一个特别的假。我是那么幸福，简直都不能在那条两边豪宅林立的路上好好走路。金合欢树从栅栏上扑出来，充满醉人的芬芳；汽车，大得像一艘艘轮船一样，在阳光下熠熠生辉。那是下午三点。我不是在走路，而是我那颗欢跳的心在带着我翱翔。

我按响了6号的门铃，等了很久很久。一分钟感觉就像过了一季。我在军装下冒着汗，神情庄重，穿着靴子站得笔直，跟画像上古罗马的百人队长一样又英俊又自豪……一个肥硕的黑人女佣给我开了门，引我穿过一个悉心修剪、鲜花盛开的花园。白色的十字路就像是一缕白云飘过的痕迹。这是我有生以来第一次走进一栋利比亚富人家的房子，扑面而来的奢华让我想起我卑微的出身，但我对此并不在意。我的履历会帮我说话，从社会的底层开始，我一级级地越过世俗的偏见和障碍。我的家庭砸锅卖铁为了能让我成为家族里第一个上学的孩子——我很清楚，这种特殊的待遇注定我要乘风破浪一路向前，要向全世界证明我不用羡慕任何人。

我的老校长已经完全变了模样，我都认不出他了。他跟在塞卜哈那个赢弱、穿着土灰色的短裤、过着默默无闻的生活的一校之长判若两人。

他站在门口等我，穿着一件有百合花图案的家居袍，外面套了一件石榴红色的睡衣。他的拖鞋和肉红色的脚形成强烈的反差。粉嘟嘟的手指拨着念珠，看得出是吃着吗哪①，过着养尊处优的生活。

他没有邀请我进客厅，我在走廊的尽头可以瞥见客厅的样子，四壁装饰了锦缎，摆着气派的家具。我的军装也不能让我免受世俗眼光的衡量。本宅主人请我坐在衣帽间的一条长凳上，那里是他快速接待他认为不配踩他家地毯的人的地方。他既没有给我上咖啡

---

① 吗哪是《圣经》中所说古以色列人经过旷野时所得的天赐食物。

53

也没有上茶，既没有注意到我送的那盒糕点也没有注意到我这个求婚者满腔的热情。有什么东西证明我是敲错了门，但我对法丹的爱却拒绝承认这一点。

她父亲努力做出周到礼貌的样子——但这只是一种客套，冷淡、高傲、单调。他问我属于哪个部落，古斯部落对他而言不算什么，显然他也不是很喜欢贝督因人。他在费赞的那段生活只让他更加觉得自己只是个流放到荒蛮之地的城里人，闻到的只是乡间平淡的炊烟和羊粪的味道。现在他有一个当外交官的妹夫和一个给储君哈桑·黑达当顾问的外甥。沙漠和他庶民的出身，他已经不记得了。

"我承认，你为人处事的方式让我感到有点吃惊，年轻人。"他礼貌地对我说道。

"我承认自己有违礼数，先生。我父母知道我来求婚的事，但他们住的地方离这里太远。"

"结婚可是大事，我们有我们的习俗。不是求婚者自己一个人想来就来的，没有证人是不行的。"

"您说得对，先生。我刚从英国回来，才调到新部队。我一再坚持才请到48小时的假。因为我是路过这个城市，所以我抓紧机会。"

他动了动鼻子，感觉既有点好笑又有点尴尬。

"您是怎么认识我女儿的，中尉？"

"我曾经是您学校的学生，先生。我经常看到她穿过课间休息的操场回家。"

"你们约过会？"

"没有，先生。"

"你们相互写过信？"

"没有，先生。"

"她知道您对她的感情吗？"

"我想她不知道，先生。"

"呃……"他边说边看了看手表。

接下来是一阵尴尬的沉默，让我差一点憋死。

想过之后，他安慰我说：

"你还年轻，身体棒，人也精神，有的是大好前途。"

"您女儿日后什么都不会缺的。"我向他保证。

他笑了：

"她从来就没有缺过任何东西，中尉。"

很奇怪，我不知道为什么自己突然开始恨他，讨厌他那张猫头鹰一样的脸、他的老花镜和垂暮之人的声音。

我鼓起勇气，向他请求，但声音仿佛是从长了肿瘤的喉咙里冒出来的：

"如果您把女儿嫁给我，那将是我的荣幸。"

他忍住笑，额头皱了起来，他看我的眼神简直要把我从地球上除掉。

他对我说：

"你是利比亚人，中尉。您很清楚我们社会的惯例和规矩。"

"我不明白您的话，先生。"

"才不，您清楚得很。在我们这个社会，就像在军队里一样，等级是分明的。"

他站起身，向我伸出手：

"我肯定您会找到一位跟您门当户对的姑娘，她会让您幸福的。"

我连抬胳膊的力气都没有：他的手就停在半空中。

这是我有生以来最伤心的日子。

我去了沙滩，看海水拍在礁石上碎成飞沫。我想大喊，喊到海浪的喧嚣声都安静下来，喊到我眼中的憎恶让潮水退却。

"您会找到一位跟您门当户对的姑娘，她会让您幸福的"……以前他不过是一个入不敷出的小公务员，整天忙着驱赶围着他可怜的饭菜乱转的苍蝇，抓那些偷偷躲在学校厕所里抽烟的淘气鬼。但他很快就忘了自己过去也是个穷人，在一个好心的大妈给他的一块饼面前流口水的小瘦猴，可怜的校长，那么位卑职轻，跟费赞满目疮痍的景象并无二致。只是把妹妹嫁给一个上了年纪的大臣，旦夕之间他就有了地位，有了前途，有了身份和脸上的红润。"您会找到一位跟您门当户对的姑娘"，这就是他这个攀上高枝的小人说的话。他那句充满鼻音的话萦绕在我的脑海，比一场灾难更让我消沉，仿佛我被打入了无底深渊。

我没有原谅他对我的冒犯。

1972年，在我当上国家领袖的三年后，我找到了法丹。她已经嫁给了一个商人，是两个孩子的母亲。一天早晨，我的卫兵把她给我带来了，她泪流满面。

我把她关了三个星期，恣意糟蹋。她丈夫被安上一个非法转移资产的罪名遭到逮捕。至于她父亲，有一天晚上出来散步就再也没有回家。

从那以后，所有的女人都是我的。

第六章

　　在费赞的烈日下，当裹着黄沙的风吹过滚烫的石头，这时候很难形成海市蜃楼。我衣衫褴褛，还是个孩子，站在一块岩石上，看着远方一个黑点在沙漠的折射下忽隐忽现。

　　那是一只乌鸦还是一头豺狼？

　　我用手遮住太阳。

　　随着它向我走近，黑点慢慢变大，也许是受到了我目光的吸引。原来是我舅舅的kheïma①。里面没有一

---

① 贝督因人的帐篷。

个人，除了一头北非猎犬嗅着自己的屁股和一只被缠在轮子上的孔雀，它就像蜘蛛网上的一只小飞虫，里面没有其他任何活物。

在一个绣了银线的旧马鞍旁边，一个爬满了珠光闪闪的金龟子的铜茶炊摆在一张矮桌上。茶杯一个个摞在一起，像椰枣树的树干，而女人们因长长、弯弯的指甲而变得无比修长的手指就像棕榈叶一样。角落里，一根熏香在燃着，袅袅升起的香烟在昏暗中画出一道道痕迹。

在炉子嗡嗡作响的寂静中，只能听到一个滑轮嘎吱嘎吱作响。

挂在帐篷中央柱子上的，是一个很大的画框，慢慢地打着转。原来不是滑轮在嘎吱作响，而是挂画框的绳子尽头发出的声音。画框是空的。

我害怕了。

鸡皮疙瘩都竖起来了。

不知道受到什么本能的驱使，我把一条腿伸进画框，然后是另一条腿，仿佛自己穿过了一面镜子。我惊讶地发现自己坐在一群衣衫褴褛的娃娃中间，声嘶力竭、坐在小木板上摇晃着上半身、结结巴巴地背诵经文。我认出那是我7岁学《古兰经》的学校，墙是柴泥糊的，天花板的梁被虫蛀了。教长裹着一件暖和的绿大衣，散乱的头发挡住脸，坐在靠垫上昏昏欲睡，被学生们不协和的吟诵催眠了。当喧闹声稍微轻一点，他就用教鞭随便打一下某个学生的肩膀，以重新激起他们诵读的热情，然后再次昏昏睡去。

教长很讨厌只会背着他打闹嬉笑的捣蛋鬼。当他抓住其中的一个，他就会停止上课，让我们围着犯错的学生排成一圈，对他进行体罚。这种惩罚在很长一段时间都让我的心灵感到很受伤。

突然，教长醒了，他的目光像一头猛兽一样落在我身上。为什么你不和你的同学们一起背诵？你把小木板弄哪儿去了？你是不是要放弃你的宗教，狗杂种？他破口大骂，站起身，像穆萨一样，把教鞭往地上一摔。教鞭马上就变成一条可怕的黑蛇，身上的蛇鳞微微颤抖，可怕的芯子就像地狱的烈火。

当我从教长的伪装下认出文森特·凡·高的时候，我的心脏差一点爆掉。

我惊醒了，胸口发紧、嗓子发干：我在楼上的房间里，躺在给我当床睡的沙发上。

阿米拉已经走了。

我坐起来，两只手抱住头，被我的噩梦吓到了……通常，海洛因的剂量会让我进入美妙而惬意的梦乡。但几个星期以来，总是同一个梦惊扰我难得的休憩。

我和文森特·凡·高的故事要追溯到高中时代。在翻看从同班同学那里借来的一本精美的书籍的时候，我偶然翻到一幅画家的自画像。直到今天，我都不能解释那一天它给我的感觉。我此前从来没有听说过凡·高。

至今还记得，我当时完全被这个人催眠了。一半的额头被可怜的刘海遮住了，被割掉的耳朵上胡乱缠了绷带，目光游离，给人的感觉仿佛画家很后悔来到这个世上。在他身后，墙上挂着一幅日本木版画。画家背对着它，犹豫不决，站在冰冷的破画室中央，那件可怕的绿大衣让他感觉不自在。

这个形象一直印在我的脑海里，镂刻在我的潜意识的某个褶皱里，就像一个睡眠因子，每次大事发生前夕，它就会阴魂不散地回到我的梦里。我一直不明白这是为什么。我甚至找了著名的、经验丰富的阿拉伯教长来给我解梦，他也说不出个道道来。

我和凡·高没有什么相似之处，除了我小时候曾经经历过他那种穷困潦倒的悲惨境遇。在他生前，他的画只能让他维持饥一顿饱一顿的生活，而今天却贵得没有天理。我看不到这个闯入我生活的被诅咒的画家跟我有一丝可能的关系，但我认定这其中有一个说法。

除了东方音乐，我对艺术不太感兴趣。我甚至承认自己对当代绘画有点瞧不上，觉得它们和有政治倾向的诗人一样有颠覆性，不见得都有灵感的启发和真正的魅力。它们不过是一种对时尚的追求，让人相信没落就是另一种革新和超越，画布上随便一抹红就可以把平庸抬高到大师之列，因为这类评价通常都是随意的，没有具有说服力的参照，画家的签名表明这是一幅杰作而不是相反。当然，当我在西方进行正式访问的时候，为了得体，我也会假装在一幅画前面或听莫扎特的时候心醉神迷，大家都盛赞莫扎特的天才，但他从来丝毫没有拨动过我的心弦——对我而言，什么都不如一顶在美丽的沙漠中支开的营帐，没有一支交响乐比得上风吹过新月形沙丘的簌簌声。但是，不知道是命运怎样的讽刺，文森特·凡·高，既不属于我的文化也不属于我的世界，却让我无比痴迷，让我恐惧，让我好奇。

1969年8月31日到9月1日夜里，政变的前夜，当我的军官们趁国王伊德里斯到国外治疗的机会精心筹划一场强有力的作战方案时，我在自己的房间紧张得要死。凡·高就在那里，在他金色的画框里，目不转睛地盯着我。我白费力气地在床上辗转反侧，把头捂在枕头下面，但他的幽灵不但没有消失，还突然从画中走出，朝我扑过来，绿大衣上全是蝙蝠，这时我床头的电话终于响了。我喊着惊醒过来，身上全是汗。任务完成！电话那头有人告诉我。储君没有抵抗，已经让位了。至于国王，他已经知道自己没必要回国了。黎明时分，我攻下了班加西广播电台，为了向人民宣布吸国家的血的罪恶的君主制已经灭亡，阿拉伯利比亚共和国刚刚成立。

几个月后，在人民的鼓舞下，我开始考虑要干一件大事，让我在国际舞台上更加令人瞩目。我犹豫是把英国军队从利比亚赶出去呢，还是从美国人手里收回惠勒斯空军基地……一天夜里，凡·高又到梦中来吓我，早上，尽管参议员们态度越来越迟疑，我还是做了决定：在奥马尔·穆赫塔尔[1]祝福过的土地上不允许再有"十字军"。

1975年8月，还是凡·高用一个很暴力的梦警示我，我的两个最好的朋友和心腹——巴希尔·萨吉尔·豪迪和奥马尔·梅赫辛——正在筹划反对我的阴谋。我出色地挫败了这场军事政变的企图，清除了革命指挥委员会就像戳破了一个脓肿。

每次被诅咒的画家出现在我的脑海中，历史都会为我的建筑添一块砖加一片瓦。

我问自己，作为开明领袖写的书的封面和我为利比亚国旗挑选的颜色是否都是从凡·高的绿外套那里得到了灵感。

---

[1] 奥马尔·穆赫塔尔（1858—1931），利比亚抗意战争英雄。

第七章

有人敲门。

是芒苏尔·德豪前来请罪……现在他在战场上该享受什么待遇？一颗子弹？对他而言太贵了。钳烙、一把生锈的匕首、一根麻绳就可以完事。他，我的人民卫队队长，总是衣冠楚楚的可怕的芒苏尔·德豪，十分在意自己作为军人的样子，现在从头到脚都不讲究了，胡子拉碴像个乞丐，衬衫的领子很油腻，鞋带也松了。他如今只是一个过去的影子；他的目光，曾经比闪电还要明亮，如今几乎看不到比眼睫毛更远的地方。

我为他感到悲哀，也为我自己：我有力的右臂已经麻木。

以前，什么都逃不过他的警觉；他无所不知，甚至是我在两口海洛因之间破的处女的呻吟。芒苏尔，以前是达摩克利斯之剑。他戒备森严，在邪恶的种子发芽前就已经嗅到了它的味道。和他在一起，什么都不会盲目放任。他的无数密探就躲在百叶窗后面。一有风吹草动，他们就倾巢而出；嫌疑犯通常一炷香的时间都熬不住。我呢，我晚上就可以安枕无忧了。

"别怪我，元首，我已经好几个星期没吃药丸了。"

他之前向我隐瞒了他在接受治疗，而我竟然对他坚信不疑。他给人的印象是从来不会累从来不生病，我甚至让我最优秀的密探监视过他——他的领袖风范和人民卫队队长的威严曾经让我认为他是潜在的竞争对手。权力会让人产生幻觉，谁都难免想入非非。卫戍部队和总统府只有一步之遥，而膨胀的野心会让人不惜以身涉险……但我对芒苏尔却是完全想错了：就算来找我麻烦的是他母亲，他一定也会毫不犹豫地掐死她。

我给他指了个座位。

"我宁可站着。"

"我欣赏你所做的努力。"我嘲讽他道。

"我很恨我自己。"

"你不必因为一时失利就惴惴不安，我对你还是寄予厚望的。"

"您看重我就胜过世上所有的荣耀。"

"你配得上……你是个勇士。事实证明，你依然留在我身边。"

"只有老鼠才会在船沉的时候四处逃窜。"

"我对你而言只是一艘船而已？"

"我不是这个意思。"

我盯着他看。他咽了咽口水，神情尴尬，为自己之前的态度道歉，但发现自己这么做反而是错上加错。

"我想我是不是待在楼下更好。"

"问得好！"

我冷淡的语气让他很难受。他认命了，低着头，脚步沉重地朝门口走去。

"我还没允许你离开呢！"

他踟蹰了一下，手搭在手腕上。

"快回来，傻瓜。"

他走回来。颤抖的嘴唇让胡子也跟着发抖。

"我觉得自己粗俗、可怜，不配站在您面前。"

"该死，你到底怎么啦？是外面游荡的豺狼让你无法保持冷静，还是你在犹豫是当叛徒还是自杀？"

"我太笃信宗教，不会想到自杀的，元首。至于卖主求荣，我有好多次机会可以那样做，他们甚至许诺我只要投降，我就可以带着一大笔钱财跑路。我最终选择留下来，那是因为去哪儿都不如待在您身边。遇见您是我此生最大的幸福。为您去死既是我的光荣也是我的义务。"

"很高兴又找回我的芒苏尔了。"

我的夸奖让他胆子大了一点。他朝我走过来，突然情绪激昂：

"我会向您证明我还是我，这场战争只是一场烟幕，光明很快会重新照耀利比亚。我会把那些反对您的野蛮人全部消灭，一个不剩，我要用他们的皮做成红毯，让您威严地登上王位。"

"船不会沉的，芒苏尔。掌舵的可不是随便什么

69

人，我们只要能坚持几天就好了。我们的人民会自己觉醒，他们会意识到是基地组织在我们的街上横行。相信我，这只是时间问题，我们会以真主的名义把那些烧杀抢掠的恶棍都就地正法。"

他同意在我指给他的座位上坐下，确信我已经原谅他了。他还没有笑容，但眼睛里已经流露出一丝敏锐的光芒。

我等他再振作一点，才继续说：

"我做了一个梦，芒苏尔，一个有预感的梦。"

"我记得您在伊拉克入侵前夕做的那个梦。您事先预见了一切。"

"嗯，你放心，快振作起来。我做的梦很吉利：我们将在十月底之前取得胜利。"

"我无法想象没有您掌舵的利比亚，元首。那将没有任何意义。"

他的声音软绵绵的，根本就听不见，几乎跟一声喘息一样。芒苏尔只是一点孤零零的火花，才点燃就熄灭了。他过去的辉煌蒙了尘，就像一块旧篷布盖在一具没有生命的躯体上。

我拿起摆在沙发扶手上的《古兰经》，随便打开一页，开始朗读。我的卫队队长一动不动，坐在凳子的沿儿上，目光空茫。我读了一段经文，然后是两段，三段……芒苏尔还没有要走的意思。

我放下《古兰经》。

"你有事要跟我说吗？"

他吓了一跳：

"我……我没听见您说什么。"

"我问你是不是有事要跟我说。"

"没有，没有……"

"你肯定？"

"是的……"

"既然这样，那你为什么还待在这里？"

"在您身边我感觉很好。"

我瞟了他一眼。他想转身离开，但做不到。

"别垂头丧气的，芒苏尔。振作起来，见鬼！你在自暴自弃。"

他轻轻地摇了摇头。

他开始让我真的为他担心了。

"你在想什么？"

"想醒来，兄弟领袖。"

"你醒着呢！"

他抓抓胡子，摸了摸鼻尖，挠了挠耳朵。我感觉他就要冲我打响指了。

"这场愚蠢的暴动被镇压后，你想干什么？"我问他，为了缓和气氛。

"回家。"他脱口而出，好像他就等这个机会说出他内心最珍贵的、从未表达过的愿望。

"之后呢？"

"待在家里……"

"待在你自己家？"

"是的，待在我自己家。"

"真的？"

"真的。"

"你不再指挥我的人民卫队了？"

"您会找到其他人选的。"

"我想要的人选是你，芒苏尔。"

他摇了摇头：

"责任太重了，元首。我的肩膀除了我的衬衫已经没有力气再有其他担当了。我把制服还给您。"

"为了套上家里的围裙？"

"为什么不呢？我想退休回家了，早上整理整理花园，晚上祈祷，祈祷真主原谅我所犯下的罪恶。"

"你犯下过什么罪恶，芒苏尔？"

"肯定有，谁都难免滥用职权。在我不自知的情况下，我肯定有些时候表现得不那么公正，有些事情处理得过于残酷无情。"

我讨厌他的嗓音。

"你认为我曾经不够公正而且残酷无情？"

"我说的是我，元首。"

"我问你话的时候看着我的眼睛！"

我的叫声差一点要了他的命。

"我是不是曾经不够公正而且残酷无情，芒苏尔？"

他的喉咙发紧，没有回答。

"说，我命令你说实话，我不会怪你的，我保证。我想知道，以后不会再出现叛乱局面。"

"元首……"

"我对我的人民是不是犯了错？"我冲他吼道。

"只有真主才不会犯错。"他说。

忽然，我仿佛不知道自己身在何处，我又是从何而来。我感觉自己已经灵魂出窍，不在凡间，被钉在熊熊燃烧的祭坛上遭受百般凌辱。我没有注意到，自己已经站在卫队队长的面前，伸出利爪，准备把他撕成碎片。可怕的怒火已经吸走了我的气息，我窒息了。

"垃圾！"

"您答应过不生气的，元首。"

"见鬼去吧！昨天，你还在我的宴席上大吃大喝，今天你就在汤里吐口水。现在突然内心愧疚了，希望得到宽恕。你只是在尽你的义务，傻瓜。保家卫国是不能有妇人之仁的，战争就是会殃及池鱼。管理国家事务不能动感情，错了也可以谅解……你们到底指责我什么？洛克比空难[①]还是法国联合航空722号班机空难[②]？都是美国人先挑事的。他们轰炸了我的宫

---

① 1988年12月22日泛美航空公司一架客机在英国边境小镇洛克比上空爆炸解体，259名乘客和机组人员无一幸存。这次空难被视为是利比亚针对美国的一次报复性恐怖袭击。

② 1989年9月19日由布拉柴维尔飞往巴黎的法国联合航空772号班机，在撒哈拉沙漠上空爆炸解体，机上155名乘客和15名机组人员无一生还。该事件被法国法院认为是6名利比亚人发动的恐怖袭击。

殿，杀了我的养女。是他们攻击了我在米拉加的空军力量，实施了黄金峡谷行动①。更别提各种禁运，把我妖魔化，在国际舞台上隔离我。我总不至于因为这个还要感谢他们吧……你们还指责我什么？阿布·萨利姆监狱大屠杀②？我只不过是为民族除害、杀掉一帮搞破坏的恐怖分子。叛军威胁国家的稳定，那些洪水猛兽，你们想过没有，他们一旦逃出来会造成怎样的混乱？朗贝兹库苦役犯监狱逃出来几千名囚犯，阿尔及利亚一夜就陷入了混乱。我们都知道后来发生的事情：十年的恐怖和杀戮。我不能让我的国家承受同样的命运。"

我撞到了沙发的扶手。

"我们的国家曾经被人用枪指着，芒苏尔，一直都受到威胁。我们的敌人千方百计破坏我们的计划，其中还包括我们的一些负责人。你想想，那些我曾经庇护过、颁了无数奖章和军衔、给予无数特权和

---

① 黄金峡谷行动是美国为维护其在地中海地区的战略利益，以打击国际恐怖主义为由，于1986年4月15日对利比亚实施的海空联合打击行动。

② 1996年6月28到29日，在的黎波里的阿布·萨利姆监狱，有1200多名囚犯被处决。

荣誉的兄弟。他们受到比君王还要高的待遇，我的慷慨还满足不了他们的胃口。他们还想要更多，想要把我的脑袋砍下来放在银盘子里。你觉得我处决他们有错吗？你觉得我做得不对？任何东西都是有代价的，芒苏尔，忠诚也好，背叛也罢。帮鳄鱼擦眼泪是不会感动它的。不是他们死就是我死，要么是"十字军"的利益，要么是利比亚的利益。当我想到我的那些勇猛的战友，是他们冒着生命危险帮我推翻了无所作为的伊德里斯国王，而同样是他们，经不起帝国主义的诱惑和许诺，毫不犹豫地阴谋反对我、反对利比亚人民、反对永恒的祖国……当我想到这些叛徒，我就对自己说我当初还不够狠，我本应该更凶狠、更残酷。就是因为我当初顾念旧情，没有坚持一国之君的不妥协，今天我才会面临一场起义。我应该清理一半的民众以拯救另一半，让每个人不管身在何处，不管从事什么行业，都可以有安定的环境。"

我抓住他的领子，把他拎起来，四处横飞的唾沫都喷到他脸上。他在我的手下浑身颤抖，目光不知道往哪里躲。如果我松手，他就会像瓦片一样摔碎在地上。

"现在，看看我们的处境。盟军冲着我们过来，一些此前和我们从来没有过节的国家对我们狂轰滥炸，甚至卡塔尔也来凑热闹。那些阿拉伯国家，他们在干什么？他们在哪里？他们举杯庆祝我们的溃败，已经在准备我们的葬礼。"

"那您还指望什么？"他突然反问一句，一边推开我的手，"指望他们锣鼓喧天、旗帜飘扬地来帮忙？"

我愣住了。芒苏尔·德豪竟然敢在我面前抬高嗓门、动手动脚。他把我的手腕弄痛了。我后退几步，充满疑虑。他斜着眼睛恶狠狠地看着我，脸涨得通红，鼻翼一张一翕，仿佛要扑到我身上似的。

"我才不在乎那些阿拉伯人呢！"他咆哮道，嘴角起了泡，"是您自己自作自受。您瞧不起他们，贬低他们，侮辱他们，把他们当长了虱子的牲口一样对待，还让看家狗看着他们。他们庆祝我们的溃败那完全合情合理。"

我哑口无言，不知道是在做梦还是出现了幻觉。这是第一次，自我掌权以来，一个军官敢对我无礼。我气得差一点要中风。

芒苏尔还没有恢复镇静，气得浑身发抖。

他伸出一根手指指指窗外：

"外面发生了什么，元首？这些喧闹声是怎么回事？是小夜曲？"

他冲到窗前，用手指戳挡在玻璃上的布幔：

"您听到什么，元首？"

"我应该听到什么，蠢货？"

"另一种钟声，另一种曲风，不同于您的那帮马屁精的阿谀奉承和您的参谋部报喜不报忧的汇报。别再睁眼说瞎话了，'一切都好极了'，'一切正常，侯爵夫人'。外面，是愤怒的人民……"

"外面，是基地组织……"

"基地组织有多少人？五百，一千，两千？那些成千上万蹂躏我们的城市、杀死我们的老人、剖开我们怀孕的女人、用枪托打烂我们孩子的脑袋的人是谁？是利比亚人，元首。是像您我一样的利比亚人，昨天他们还在为您欢呼，而今天却叫嚣着要您的脑袋。"

他像一个回飞镖一样回到我跟前：

"为什么，元首？为什么他们会反戈一击？到底发生了什么，让绵羊变成了豺狼，让孩子们决定要吃掉他们的父亲？……是的，兄弟领袖，我们有过失。我们做错了。的确，您考虑的是民族的利益，但是您知道、了解您的民族吗？无火不生烟啊，兄弟领袖。如果说我们被逼到了墙角，那也不是一场意外。外面，屠杀和破坏并不是人们中了邪，而是我们以前恶行的后果！"

人民卫队队长的话让我如此震惊以至于我气得小腿肚子直哆嗦。我从来没想过有人会对我说这种话。不习惯别人违背我的意愿，更别提被下属教训，我感觉自己的肺都要气炸了。大家都知道我对批评指责是多么敏感，如果批评伤了我的自尊，我气起来会恨不得喝了那些乱嚼舌头、没教养人的血。

芒苏尔是失去理智了吗？

我转过身倒在沙发上，两只手抱住头。是不是应该立刻处决芒苏尔？我是不是应该亲手宰了他？我怒火中烧。

"我不是在审判您，元首……"

"闭嘴，狗东西。"

他跪倒在我面前，声音突然软了下来，语重心长地对我说：

"世间所有的寂静都无法让真理沉默，元首。我不是责怪您，我只是把事实说给您听。我不知道我们明天是不是还能活着，穆阿迈尔，我的兄弟，我的朋友，我的主人。我完全不在乎我和我的家庭会变成什么样。我不重要，我微不足道。我为您感到害怕，只为了您。如果您遭遇不测，利比亚就不会好了。您乘风破浪独自建立的这个美丽国家就会像被虫蛀掉的圣物一样分崩离析。他们已经烧毁了绿色的旗帜，换上了血红和葬礼的旗帜。很快，您为我们选择的国歌也将被一首毫无意义的小曲代替。砸您的雕像，毁您的画像，洗劫您的宫殿。这是世界末日，兄弟领袖。而我不希望这样。没有您，船会在黑暗的海滩上搁浅，它的残骸会被浪打散，一切将荡然无存。没有您，一个个部落会把战斧再挖出来，唤醒几个世纪的宿怨、未报的仇和没有受到惩罚的背叛。国家四分五裂，部落割据。您原本已经给民众接好的骨头又会断掉，您建立的国家会成为背信弃义者的垃圾场，誓言和祈祷的墓园……"

"闭嘴，求你了。"

芒苏尔哭了。

他握着我的手腕，抱在怀里，仿佛要抱住整个人类的命运。

"应该战胜这一厄运，元首。为了国家的利益，为了地区的稳定。我已经做好了牺牲的准备，不惜牺牲我的肉体和灵魂，为了让利比亚重新回到您的手中。"

我温柔地、小心翼翼地推开他：

"走吧，芒苏尔，让我一个人待一会儿。"

当我再抬起头来的时候，芒苏尔已经不在那里了——我想我可能昏迷了一会儿。

第八章

　　我在房间里前后左右地踱步，用力地踢着腿，手指朝一个影子扣动扳机或拧断一个假想敌人的脖子时才停下脚步。

　　我气疯了。芒苏尔那个胆小鬼竟然敢把手放在我身上，以前单单因为这个我就处决过我的亲友。我的监狱挤满了冒失、可疑、不满、轻率的人，那些在错的时间错的地方做错事的人。我不原谅别人妄议我的命令，质疑我的判断，在我面前撇嘴表示不满。我说的话就是福音，我的所思所想就是对未来的预见。不听我的话的人该聋，怀疑我的人该死。我对谁发怒，就是在治谁；我对谁沉默，就是在修炼谁。

芒苏尔到底想干什么？他知道自己有多疯吗？他忽冷忽热，东拉西扯，一会儿效忠一会儿反动，态度说变就变。

他让我感到困惑。

没有我，利比亚将是一场没有名字、没有未来的灾难。这片圣土将注定遭受不幸和耻辱，我们的墓地会放出幽灵日夜纠缠我们，幸存者将过着行尸走肉的生活，而我们的墓碑会变成绞刑架！

我在我的笼子里兜圈子，追赶我被打乱的思绪，就像一个疯子跟在他的胡思乱想后面跑一样。"只有真主才不会犯错！"我的卫队队长这话是什么意思？是说我做错了还是想错了？我既没有做错也没有玩忽职守。我许诺的事基本上都做到了，打的赌都赢了，所有的挑战都接受了。街上充满怨恨的怒火是堕落，是无耻，是亵渎，是骇人听闻的忘恩负义。

我不是一个暴君。

我是铁面无私的卫士；保护幼崽的母狼，露出比嘴更大的獠牙；不可驯服、生性多疑的老虎，在国际惯例上撒尿，以确立自己的领地。当别人居高临下压迫我的时候，我不会低头或看着地上。我鼻孔朝天地走路，我的满月就是我的光环，我把世界的主宰及其附庸踩在脚下。

人们说我狂妄自大。

这不对。

我是一个与众不同的人，我肩负让所有神明都羡慕的真主的旨意，懂得如何把自己的使命变成一门信仰。

如果堕落的利比亚人民准备好破坏他们的家园，让血像不洁的污水一样流淌，而那些幕后操纵者们则幸灾乐祸地看着我这个利比亚的殉道者，等着偷走我最后的衬衫，这难道是我的错？

我把额头靠在墙上，手指交叉放在脖子后面，吸气，呼气："就这样，穆阿迈尔，让你的灵魂透透气，把令它污浊的东西去除干净。慢慢地吸气，就好像你在嗅一个女人的香气，然后把体内的浊气排掉……好，就这样，很好。吸气，呼气。想象你在巴比伦空中花园的中央，各种芬芳沁人心脾。让你的灵魂飞得比天堂的鸟还高。你是穆阿迈尔·卡扎菲，你忘记了吗？别让那些微不足道的人把你从云端拉下来……"

我的声音进入了我的各种感觉器官，让我的心灵平静下来，得到了净化。慢慢地，我太阳穴上的阵痛开始缓解，脉搏恢复正常，我感觉好多了。

我在沙发上翻了个身，拿起《古兰经》，随手打开；我无法集中注意力，芒苏尔的抱怨又在我的脑海里响起，就像无数的棒槌在击打。我用力闭上眼睛，想把它们从脑海里赶出去，向我的灵魂求救。

我只需聆听在我内心深处召唤我的声音，它像大师拨动琴弦一样拨动我心弦。是它激励我去推翻君主制、对抗帝国列强、战胜命运。一直以来，我都知道我来到世上就是为了留下我的印记，每当我有一丝疑虑的时候，这"宇宙之声"就会在我内心响起，指引我，每天都向我证明我是受到真主眷顾的那个人。

我只听从这个发自我内心的声音，别无其他。

母亲发现我不听她的话时，气得抓头发，认定有人给我施了魔咒。她带我去看了各种江湖术士；他们的药水和护身符对我一点作用都没有。我还是我行我素，对各种批评置若罔闻，对自己不满意的东西置之

不理。"你中了邪了，"我母亲哭得喘不过气来，
"我到底对你做了什么，你从早到晚气我？道理你
好歹试着听一回，哪怕只听一回……"看她可怜，
我同意了，几小时后，一个女邻居来敲我们家的门，
她那个哭哭啼啼的儿子是她带来的证物。"应该把
他关起来，你家的小魔鬼，"女邻居冲我妈大喊大
叫，"我们家孩子每次在路上遇见他，他都要欺负
他们。"

　　事实上，我不听别人的话是不想忍受他们的谎
言。他们总是对我撒谎。当我问我父亲在哪里，我母
亲就匆匆打发我："他在天堂里。"我思念我父亲，
无比思念，他的缺席让我的世界残缺不全。我嫉妒那
些蹦蹦跳跳围着父亲转的孩子们。甚至这些当爹的没
有好脸色的时候，他们在我眼中也像神一样魁梧。
5岁的时候，我曾想了结自己的生命。我想死，这样
就可以在天上见我父亲。没有他的日子无滋无味，了
无生趣。我嚼了一种毒草，但只是发了一场高烧，
隔一段时间就拉一次肚子。9岁的时候，我缠着舅舅
逼他告诉我关于我父亲离世的真相。"他死于一场决
斗，为了部落的名誉。"我请求他把父亲的墓地指给

我看。"勇士不会真正死去，他们会在儿子的身上复活。"我拒绝接受这种不靠谱的解释，我变得叛逆。当我的表兄弟们用恶毒的话戳到我的痛处时，我的抵触情绪变得更加激烈："你父亲是被赶出部落的。显然他是个变节的小人……"一个邻居告诉我说，我父亲不过是在隆美尔①大举进攻时被一辆坦克压死的。"那个可怜人赶着他的羊，迷失在沙尘暴中，没有看到装甲车。"我很生气，"那他的尸体总找回来了吧？""履带从身上压过去还剩下什么？而且还要在那一摊肉泥里把羊和牧羊人区分开来。"我被气哭了，因为邻居幸灾乐祸，我把他狠狠地揍了一顿。我恨不得把全人类都埋葬在废墟里。

我舅舅不知道该向哪个神明求助。面对那些向他抱怨我的恶行的人，他只能无奈地拍拍手，低声下气地向他们赔不是。

一直到我11岁，大家都认为我是一个精神有点不正常的孩子，甚至想把我关到精神病院去。但我们家

---

① 隆美尔（1891—1944），第二次世界大战时期纳粹德国的元帅。1941年2月，为援救意大利在北非之危，他率领装甲军到利比亚，多次击退英军反攻，有"沙漠之狐"之称。

太穷了，最终，为了让村子得到安宁，部落里家家户户凑了钱把我送去上学。

就是在学校厕所的镜子前，我听到了内心的声音。它安慰我说我不用为自己孤儿的身份脸红，说先知穆罕默德就没见过父亲，基督伊萨①也没有。这是一个神奇的声音，它像吸水纸一样吸走了我的痛苦。我在多数时间都听从它的指示。有时候，我独自来到沙漠，只为了听到这一个声音。我甚至可以跟它说话，不用担心被那些好事者嘲笑。于是我明白我命中注定是一个传奇。

在塞卜哈，之后是米苏拉塔的学校，我的同学们都爱听我说话，听得如痴如醉。并不是我的见解让他们着迷，而是内心的声音通过我的嘴在传扬。老师们都受不了我，我为差生辩护，不满老师们给我打的成绩，号召罢课，公开表示反对，鼓动穷学生和富家子弟对着干，公然批评国王，就算被学校开除也不罢休。

在军事学院，我当捣乱分子的志向有增无减。完

---

① 伊萨是阿拉伯国家对耶稣的称呼。

全不顾学校的规章制度和警告。我已经打入几百个反政府的支部，梦想发动一场大革命，让我成为像迦玛尔·阿卜杜尔·纳赛尔①一样的人物。

"兄弟领袖，"有人在门后叫我，"将军请您过去。他在楼下等您。"

---

① 迦玛尔·阿卜杜尔·纳赛尔（1918—1970），埃及第二任总统，被认为是历史上最重要的埃及领导人之一。

第九章

"车队的第一批车子刚到。"阿布·贝克尔在楼梯脚向我报告。

"有多少辆？"

"12辆。还有50名装备精良的士兵。"

"我儿子呢？"

"他很快就会到，特里德中校说的。"

单单听到这个名字，我就感觉自己又活过来了。

"特里德在这里？"

"本人在，兄弟领袖。"一个洪亮的声音在我左边响起。

中校向我行了一个标准的军礼。我很高兴再次见到他，简直想把他抱在怀里。布拉伊姆·特里德是我的军队中最年轻的中校，才30岁，但战功赫赫。他身材矮小，英俊潇洒，胡子在他年轻的脸上显得有些奇怪，他是我想让军中将士学习的榜样。如果我有100个像他这样的人才，我会打败世上所有的军队。神情傲慢，衣服没有一道褶子，靴子擦得锃亮，他似乎超然于战争和混乱之上。军服上的灰尘就像仙女撒的金粉一样在他身上闪耀。布拉伊姆·特里德中校就是我的奥托·斯科尔兹内①。英勇无畏、足智多谋，我曾经交给他许多不可能完成的任务，他都出色地完成了。平定马里的阿扎瓦德叛军，在毛里塔尼亚征兵，在萨赫勒制造混乱，我把这些任务都交给特里德，还把一部分家人托他安全送到阿尔及利亚，他一次都没有让我失望，他的赤诚、坚毅和勇敢让他在那批和他同龄的军官中间出类拔萃。只要有他在，我们就会感到轻松。甚至芒苏尔都露出了难得的笑容。

---

① 奥托·斯科尔兹内（1908—1975），第二次世界大战中德国特种部队指挥官，指挥过几次著名的行动，绰号"欧洲第一恶汉"。

"有传言说你死了。"我对他说，刻意不流露出我内心的喜悦。

"那就是传错了。"他边说边张开双臂，向我表明他活得好好的。

"你是怎么找到我们的？"

"有情人终成眷属，只要有爱就能找到，兄弟领袖。您的光芒就是我的北斗星。"

"正经点。"

"班加西的叛军管理很乱，无论什么小分队都可以轻而易举地渗入他们的队伍。我跟着他们一直跟到城里，然后穿过两个路障到2区。莫塔西姆上校的人一直护送我到36号据点，之后的路我闭着眼睛都会走。"

"见到我儿子了？"

"是的，先生，他干得非常漂亮。他在东边打退了一次入侵，摧毁了我们的弹药库。我走的时候他正在集合队伍，我带来的11辆车都是他提供的。"

"他怎么样？"

"很好，他让我告诉您，他会晚一两个小时，但局势在他掌控之中。"

他把一张桌上的杯子推开，摊开一张作战地图，请我、将军和芒苏尔过去看他画的草图。

"情况很复杂，但不是不能解决。"

他用彩色铅笔在地图上画了几个圈，标出我们和敌人的位置。

"叛军的主力驻扎在西边。这个区是由米斯拉塔的部队占领的。有一部分领土延伸到海岸，另一部分是从西迪贝尔拉维拉到环形公路，167号十字路口方向。在这边，所有道路都被基地组织和2月17日到达的部队封锁了……在东边，班加西那群疯子正朝阿布扎伊扬路进发。两支部队准备在167号十字路口会师，企图孤立比尔哈马。"

"他们知道我们的位置吗？"

"我估计不知道。"

"你计划怎么办？"

"我们有两种可能突围。第一种，从东边突围。班加西的那帮野蛮人忙着打家劫舍而不是加固他们的前线。"

"不行，"国防部部长说，"这边太冒险了。"

"反正都要冒险，将军，可以赌一把。"

"元首跟我们一起的时候不能冒险。"

中校表示同意。

他不得不选择他的B计划:

"今天下午,在这条粗线画出来的地方,发现敌人战略性撤退,也就是叛军原先的前线。敌人朝东南和西南方撤退了两三公里,这给我们留出一块无人之境可以排兵布阵。根据我的情报,比尔哈马–库尔布阿克瓦兹一线可以拿下。"

"这可能是一个陷阱,"芒苏尔打断他,"这个缺口太明显,很值得怀疑。如果我们钻进口袋,敌人就可以从两边合围,把我们消灭。如果米斯拉塔的部队占领167号十字路口,那我们连撤退的后路都没了。"

"我们面对的不是一支正规军,"中校坚持道,"不过是一群坏事做尽的乌合之众。西边,整个城市已经被武装部队像篦子一样梳过了。在东边,尽管班加西的叛军像一盘散沙,但掉队的散兵游勇可能会拦截我们,而我们不知道他们准确的排兵布阵。他们有成千上万名士兵在漫天尘土里游荡,寻找可以抢劫的车队。南边是我们剩下唯一的出路。"

　　我同意中校的选择——不是因为他的论据无法反驳，而是因为我的直觉从来都不会错。我今天早上就已经选好往南撤退。就算刚才我没有想起这件事，那也证明我内心的声音已经替我说了。我做的决定也是真主的旨意。在以我处于阿齐齐亚兵营的府邸为目标的轰炸中，我不是死里逃生了吗？那晚我正和家人一起给我钟爱的孙子过生日，轰炸让我的小儿子赛义夫·阿拉伯和他的三个儿子丧了命。我从废墟里出来，毫发无损。我统治期间克服了多少艰难险阻，此起彼伏的阴谋和刺杀换了谁都会送命。真主在守护我，对此我坚信不疑。几小时后，对我的封锁就会打开，就像大海在穆萨面前分开一样。我会轻松地通过敌人的防线，就像针穿过布一样。

　　"坐等莫塔西姆吧，"我总结道，"他一到，我们就离开这个街区。"

　　"下午四点是个好时机。"将军建议道。

　　"不行，"我打断他，"没有什么所谓的好时机，阿布·贝克尔。我们应该尽早离开这个马蜂窝，盟军很快就会向我们发起空袭。"

　　"我同意。"芒苏尔说。

"我才不管你同意不同意。"我冲他吼道，"这里归我指挥。你们准备撤离，莫塔西姆从车上一下来我们就撤。他的车队一靠近，我们就排成纵队向前冲。我不想让任何人知道我就混在我的部队里。"

中校收起地图，仔细地叠好，收在公文包里。

"你可以下去了，特里德中校。你需要恢复体力，你是个出色的军官，"我又补充了一句，一边瞟了一眼将军和卫队队长，"我敬你是条好汉。"

年轻的军官并没有离开，而是调皮地笑了笑，对我说：

"我可不是空着手来的，兄弟领袖。"

他打了个响指。两个士兵把一个五花大绑的囚犯推进房间。后者穿了一件破破烂烂的毛衣和一条宽大的跑步裤，膝盖处破了。他脸色暗沉，像一只瘦掉的熊，脸上有被殴打的痕迹，一只眼睛肿了，一圈乌青，只能闭着。他鬓角头发白了，下巴下垂，应该有五十几岁。

他们把他扔到我脚边。他跪倒在地，我看到他脖子上一道很深的刀伤正在流血。

"他是谁？"

"贾罗德上尉，尤内斯的副官。"特里德说，为他猎到的战利品感到自豪。

"他做副官会不会年纪太大了一点？"

"的确。这个胆小鬼一开始是下士，之后当了上士和将军的私人司机。他没有上过军校，是尤内斯提拔他当了军官。"

我用脚尖踢了踢囚犯，他身上散发的臭气让我捏住了鼻子。

"你是从阴沟里把他捡回来的吗？"

"我在环城公路上捎他回来的。"中校打趣道。

"我想方设法跟你们会合，先生。"囚犯呻吟道："我发誓。"

我厌恶地看着他：

"因为尤内斯将军不要你了？"

"我无足轻重，没人把我当回事，先生。"

"他为什么背叛我？"

"我不知道，先生。"

"他以为逮着机会向造反派邀功折罪，可以保住他的荣华富贵。"芒苏尔说。

"他的野心很大。"部长又加了一句。

我又踢了踢尤内斯的前副官：

"你的舌头没了？"

一个卫兵在他的脖子上狠狠地打了一下：

"回答元首的话。"

囚犯咽了好几下唾沫，才发出像山羊一样颤巍巍的声音：

"尤内斯将军妒忌心很强，先生，他并不爱戴您。有一次，我撞见他在办公室里拿着一把手枪对准您的肖像。"

"但你没有声张。"

他低下头，肩膀因为不停地抽泣而颤抖。

"你本来可以提醒我的。"

"想必将军用了一个更高的职位诱惑他。"中校猜测道。

芒苏尔用目光示意中校不要插话。

这个叛徒抽抽噎噎，把鼻子凑到肩膀上擦了擦，没有勇气抬眼看我。卫兵拿枪尖催促他：

"元首问你问题呢。"

"我当时非常怕他，"囚犯坦白道，"……给这样一个贪婪凶狠的人当副官，就得随时准备被他生吞活剥，事先也不会有任何预兆。方圆几公里的东西都逃不过他的嗅觉，他似乎可以看懂别人心里的所思所想。只要有一丝怀疑，他就会立刻采取行动。而且他冷酷无情，他的目光一落到我身上，我就感觉到了危险。我跟他在一起要吃抗抑郁药才行。"

"他是怎么死的？"

"像一条狗一样，先生。"

"狗是怎么死的？"国防部部长问道，"我有一条狗，它是老死的，我的几个儿子围着它，充满关爱。他是这样结束生命的，尤内斯将军？"

"他是真的被打死了，还是只是谣传，为了掩人耳目？他是在爱丽舍宫受到尼古拉·萨科奇的接见，这可不是小事，尤内斯是一个可怕的谈判高手，他肯定保住了自己的脑袋。或许他已经在某个没有税收的人间天堂享用他的万贯家财？"

"他被处决了，先生。这毫无疑问。"

"你在现场？"

"没有，先生。"

"那你为什么这么肯定？现在，人们编出一堆无稽之谈，把我们都听烦了。我甚至听说将军被杀是我在背后操纵的。要真是这样我倒开心了，可惜这不是真的。"

"他不在现场，但他还是知道一点内情。"尽管卫队队长让他别打岔，中校还是补充了一句。（他蹲在叛徒对面，揪住他的耳朵，强迫他抬起头。）"告诉元首事情发生的经过，无胆鼠辈。当他被传去假惺惺受审，你当时就在你老板的身边，讲讲那天你的所见所闻。"

"我口渴。"叛徒呻吟道。

将军派了一个人去取水。

喝过水后，叛徒一口气说了一大通：在他看来，阿卜杜勒·法塔赫·尤内斯发现权力已经危险地向由贝尔哈吉率领的武装部队倾斜，后者是个死不悔改的激进分子，在我的监狱里蹲过六年。尽管尤内斯在这场叛乱中发挥了很大的作用，他的军事行动权还是被削减了，降级当了参议员，将军嗅出了温水煮青蛙的味道；他必须重新把权力抓在自己手中，但人们只让他有哭的权利。法国人不喜欢他，只当他是棋盘上的一个卒子，随时都可以丢弃，既然他现在已经沦为一个没有影响力的小角色。至于美国人，他们已经决定

了他的命运：最坏的结局是被判死缓，最好的结局是
把他作为战犯戴上头套送交国际刑事法庭审判。

"长话短说，"芒苏尔催促他，"告诉我们，你
的老板是怎么死的。"

"我马上就要说到了，先生。"

"我们才不要等，混蛋。直入主题。"

那个叛徒清了清嗓子，说道：

"将军被控当双重间谍，既为元首您服务，也为
法国人服务。当他收到全国过渡委员会的主席阿布达
贾利本人签署的逮捕证时，我就在他身边。他当时气
急败坏，大叫被出卖了。我一直陪他到军事法庭，在
那里，人们把他被控的罪状告诉他。将军抗议说不承
认法庭的合法性，他想方设法要回司令部总部。一个
已经投靠武装组织的表兄，当时也在法庭上，阻止我
陪将军回去。他建议我去我们的在黎波里的姨妈家，
让我不要在街上抛头露面。将军一出法庭，就被武装
分子截住，押上一辆四驱吉普车。当天就把他处决
了。"

"怎么处决的？"

"我表兄到的黎波里的姨妈家跟我会合，劫走将

军的人当中就有他。他告诉我说，将军想从四驱车上跳下来。他们把他打昏了，把车开到一个仓库里准备审问。他们用铁钳和焊枪折磨他，砍掉了他的两个大脚趾，挖了他的一只眼睛，之后用一根金属锯条锯开了他的肚皮。"

"你表兄是看多了恐怖片。"芒苏尔说，表示怀疑。

"他用手机拍下来了，他把将军如何被杀的一幕放给我看了。我吐了三天，连续三晚都在梦里大喊大叫。一想到我还浑身发抖……"他突然抬起头，脸色苍白，继续说，"他们不是人，元首。只要在路上碰见他们，我都会起鸡皮疙瘩。他们几乎已经赶上魔鬼了，杀小孩就跟碾死苍蝇一样，我从来没有见过比他们更可怕的人，他们简直就是死神的使者。当我表兄建议我加入他们的小分队时，我马上就接受了。如果我犹豫两秒钟，他肯定会当着我姨妈的面无动于衷地当场挖出我的心肝。但我不能想象自己跟这帮野蛮人真的在一起。想到要跟他们一起吃饭我就吓得要死。夜里，当我表兄睡着了，我拔腿就逃，笔直往前跑，头也不回。我千方百计想回到苏尔特，重新加入您的队伍，元首。但城里到处都是叛军，一有风吹草动他们就端起机枪乱扫一通。我游荡了几天几夜，经常躲在地窖里。当我在环城公路上认出中校，我感觉自己正从一个可怕的噩梦中解脱出来一样。"

"你还在噩梦里呢。"中校呛了他一句。

"元首，"囚犯一边哀求一边跪着直起身，"我没有背叛您。从一开始，我就想跟你们会合。我说的是实话，我发誓。"

"实话根本就不存在。人们只相信中听的话，你的版本我不爱听。"

他跪在我的脚下。

"我尊敬您胜过尊敬我的父亲和我的祖先，兄弟领袖。我有四个孩子，一个生病的妻子。放过我，看在先知的爱的份儿上。我想重新在您的队伍中找到自己的位置，我不会辜负您的信任……"

"信任？"

"这话傻瓜才信！"

我在学会走路之前就把这个蛊惑人的词从我的字典里删除了。信任就是找死。我必须小心提防一切，尤其是我的心腹，因为他们最了解我的弱点。为了确保自己活得长，我敢冒天下之大不韪——为了让我的家人疏远我，我甚至做好了处决我孪生兄弟的准备。

但是，尽管我采取了严厉的措施，小心翼翼，清除异己，我还是遭到了背叛。被我的心腹背叛。尤内斯将军，我把他当作是我的死党，待他胜过待兄弟，他以当我儿子的教父为荣，每次祈祷都不忘记为我祈福，甚至把我的笔误视为加密的预兆，竟然也背叛了我。怎能不把他悲惨的结局当作是真主对他的惩罚？他背弃了我的恩宠，于是走上了不归路。我对他甚至不是蔑视，只是悲哀，一种我不知道什么样的怜悯，既让我感到平静又让我感到安慰。

"我求您，"那个叛徒泣不成声，"我试图跟你们会合，我以我在这个世上最宝贵的脑袋发誓。"

"你留在这个世上唯一宝贵的东西就是你的脑袋，但它连一个萝卜都不值。"我对他说。

我命令两个士兵：

"带他下地狱。"

叛徒试图反抗抓住他的手臂，扭来扭去，挣扎反抗，脸都变形了。他被无情地拖到了操场上，我听见他哭着哀求我。随着暮色降临，他的哀号拖长成可怕的叫声，当所有讨饶求救的话都说尽了，他开始咒骂：

"你只是个疯子，穆阿迈尔，嗜血的、疯到极点的人。我诅咒把你带到人间的肚子和你出生的那个日子……你只是个狗杂种，穆阿迈尔，一个狗杂种……"

应该是有人把他打昏了，因为他突然闭嘴了。

在接下来的寂静中，"狗杂种"这个词一直在我的脑海中回响，激起无数让人揪心的回声，那么可怕，连"宇宙之声"，以前它在我孤独的时候总会鼓励我，现在也像受到惊吓的蜗牛一样缩到自己的壳里去了。

在房间里，芒苏尔、部长和中校眼睛看着地，低着头，被受刑之人骂我的下流话惊呆了。

我上楼回房间去消化我听到的辱骂。

第十章

"狗杂种"，"狗杂种"，"狗杂种"……

骂人话在我房间的墙上弹来弹去，打穿我的身子，在我的血肉中散发无数的毒素。就算城里爆炸声轰鸣，就算楼下一扇门啪地甩上，就算一个东西掉到地上，我听到的还是这一声"狗杂种"。就算我把耳朵堵上，把耳膜戳破，我还是会在战场的喧嚣声中听到它传遍全国。

但是，这个卑鄙的声音还在那里，惊扰我的睡眠，追到枕头边。当我内心的百叶窗关上，喧哗声平静下来，当我的宠妃在欢爱过后沉沉睡去，当凡·高在油画上慢慢变得模糊，当我的身体也和黑暗一起安静下来的时候，这个词又钻到我的被窝里，有时甚至让我醒到天亮都睡不着。

这个词是有故事的，它玷污了我的传奇。

那时我刚得知自己晋升为上尉。晚上，躺在床上，我犹豫是和我的妻子和朋友们一起庆祝我的高升呢，还是回费赞和族人一起庆祝。在我的睡梦中，凡·高穿着骑士灰色的铠甲落入陷阱，在一个结冰的湖上……早上，一辆吉普车在楼下拦住我。司机，一个穿着随便的红头发的年轻人，告诉我他负责把我带到司令部总部。我以为等着我的是一场仪式或诸如此类的荣誉，于是爬上车，坐在司机旁边，把军装拉拉平，正了正帽子。

在司令部总部，人们把我领到B楼，是国王陛下伊德里斯·阿尔萨努西特工部办公的阴森的大楼。我从来没有掩饰过自己想在国外使馆谋个一官半职，满怀希望地一口气爬到四楼，中途差点被地毯绊倒。

一个下士接待了我，就像九柱戏里的狗一样。他的傲慢是任何权力机构奴才的嘴脸；我并没有在意。我被领到一个候客厅，里面的家具陈设很简陋，只有一张陈旧的独角小圆桌和一排掉了漆的铁艺椅子。我在那里苦苦等了三小时都没有人过来看看我是死是活。当下士再次出现的时候，我正准备发火。

加拉尔·斯努西少校在他的办公室等我。他脸色红润，是个麻子，头上只有三根头发，耳朵长得很奇怪。他那张猪一样的脸说明他是个贪吃鬼，但他的目光只要轻轻扫过，无论什么混蛋都会吓得不敢动弹。在我看来，他就是最让我遗憾的军官代表：大腹便便，原本让人英姿飒爽的军装穿在他身上都没了精神。

我们不对路。我在军校的时候就认识他，士官二年级时他曾经是我的教官。他教地形学，而他在阵地上根本不能借助地图或指南针辨别方向。事实上，他在学校的任务是把难缠的学生登记造册，记录每天发生的事情和新生的言行举止：他就是一个打小报告的人。

在B楼4楼的办公室重新看到他，我一点都不感到惊讶，只是我马上就意识到，我外派的梦想落空了。

加拉尔·斯努西少校没有示意我坐下，而是托着他的大肚子坐了下来，轻蔑地用一根手指翻一份材料里的资料，然后，擦了擦鼻子，狠狠地盯着我看：

"你知道我为什么叫你来吗，中尉？"

"是上尉。"我纠正他。

"现在还不是，你两个月后才晋升，这让我完全有时间去反对。"

"你要反对已经颁布的法令，少校？"

"正是，我拥有这样的特权。陛下的特工部有权取消最高法院的决定，如果它对王权造成威胁。"

他吹牛，他不过是个在小办公室发霉的小角色，只会在到办公室来的平民出身的军人面前摆摆威风，在比他厉害的角色面前，他是被人当狗屎来踩的马屁精。为了向主子邀功，表明他多么尽忠职守，他会不惜把一个完全无辜的人送上绞刑架。

因为他的名字和国王的名字相近，加拉尔·斯努西少校就自以为他和尊贵的陛下一样，也出身阿尔及利亚贵族，和储君关系密切。

事实上，他并不比凶恶的豺狼高贵多少。什么钩心斗角的事他都要插一脚，眼馋肚饱，为一点小事向人索贿，甚至都不用伸手就捞到一大堆的好处。他让几个完全听命于他的卫戍部队给他提供补给，每天晚上，给他送的食物就够一个家庭吃一个月：禽类、一整只由屠夫剥皮切块的羊，一筐筐的水果和蔬菜，一箱箱的罐头……每天早上，饥肠辘辘的流浪汉们就围在他的垃圾箱周围争抢，有些人戏称它为"奇迹食堂"。

我恨他恨得要死，他也心知肚明。

"你在这里是因为你的舌头长得都可以用它把你吊死。"他嚷嚷着，一边用档案拍他的办公桌。

我不动声色。如果这头肥猪有对我不利的证据，他早就直接送我去行刑队执刑了。我认定他是在虚张声势，想套我的话。

"我盯着你呢，穆阿迈尔。"

"哪只眼盯着我，少校？是斜视的那只还是弱视的那只？"

"两只眼都盯着，中尉。最终会把你打回原形。我知道你的小把戏，小魔头。你给那帮傻瓜的脑袋里装满了你愚蠢的革命理论，你胆敢诋毁把光脚的你培养成军官的君主制度。别忘了，你身上还有单峰驼粪便的味道。"

"重要的不是出身，而是走过的路。谁也没给

110

我开过方便之门。我没有拿过任何奖学金，是我造就了我自己。就算您级别高，您也不可以冒犯我，少校。"

"我可以把你踩在脚下。换了我是你，我不会这么嚣张。你没有资格，你有的不过就是你的一张臭嘴。能言善辩之人最终都会相信自己的胡话。有人告诉我你四处组织秘密会议。你正在你的部队里拉拢一帮傻瓜，是吗？"

"有本事您就拿出证据来，少校。您的指控很严重。我是一名正直称职的军官，规规矩矩地做事，我了解我的权力，我没有克扣手下人的份额，我帮别人办事从来不会索要一分钱的回报。"

他被激怒了，差一点就把手上的卷宗撕了。

"你在影射什么，中尉？"

"我没有影射，我说得很清楚，我可以在法庭上为我说的话辩护。您敢不敢这么做？"

"别，别，回到你刚才说的话。关于份额和钱的事情是怎么回事？"

"您想让我说得更具体，少校？大家都知道您的那些勾当。至于向您举报我的人，我不知道他想干什么，但我不会任由自己受到诋毁。我没有任何东西是可指摘的。您的引证不仅荒唐而且危险。您有没有意识到自己得出的结论？我，一个捣乱分子？"

我故意大声质问他，好让他哑口无言。

他求我安静，请我坐下来。我拒绝了，一直站着，气得发抖。我知道让他感到烫手的档案上没有什么东西，甚至有可能还不是我的档案。

他用手帕擦擦汗，有些气喘。

我搞定他了。

"我要求知道告密者的名字，他应该在军事法庭上为他的诬告负责。"

"好了，"少校说道，"现在你可以闭嘴了。我是为了你好才把你叫来，有人说你有反革命言论……"

"'有人'是谁？"

"我也在执行公务，不能随随便便放过任何蛛丝马迹。我听说……"

"听说什么？"

少校犹豫了。

为了让他死心，我鞋后跟啪的一声立正敬礼，一边离开办公室，一边扯着嗓子信誓旦旦地说要把这件事闹到军事法庭去。事实上，我很害怕，我千方百计要把他搞晕。一个中士在走廊上叫住我：

"穆阿迈尔·卡扎菲，到我办公室来。"

他没有向我敬礼。他站在我面前，皮带扣在上衣下面，袖子卷起，这是不符合规定的。对像我这样严格遵守纪律的人而言，下属的无礼傲慢是一种亵渎。他不仅不加军衔直呼我的姓名，而且几乎是用命令的口吻要求我跟他去办公室。我气得喘不过气来。

瘦弱金发，中士有富家子弟的气色，蓝色的眼睛，姑娘一样的嘴唇，是喝着利比亚老一代资产者的奶长大的小狼，让他为陛下效力，好让他学会如何践踏小老百姓。这种人我在中学的时候就见多了，不得不忍受他们过度膨胀的傲慢，简直想杀死他们。我的抨击性文章大多是因憎恨这帮富家子弟有感而发的。每次在路上碰到一个，我都会在地上吐口唾沫，免得触霉头。

中士只有一个问题要弄清楚：

"关于你的血统有一个小问题，穆阿迈尔。"

"什么问题？而且，当你跟我说话的时候要说

'我的中尉'。我们不能把什么羊都放在一起看。"

"我可从来没当过牧羊人。"他呛了我一句，充满恶毒的影射，"我不用提醒您县官不如现管吧，中尉。在这个办公室，是我说了算，不管您乐意不乐意。我的上级让我负责核实你个人信息的真实性。您应该知道，级别越高，就越会被委以重任；因此，必须对人选的资格进行严格审查……"

"那哪里有问题？"

"您父亲……"

被一个下级军官挤对，我已经感觉受到了侮辱，居然还要回答他关于我家庭的隐私。

"他死于一次决斗。"

"我在材料上看到的并非如此。我们在您部落的调查表明，不知道您的父亲是谁。有八卦说您是一个叫阿尔贝尔·普雷齐奥西的科西嘉人的私生子，1941年他的飞机被德国战斗机打下来以后，您的部落收留并医治了他。"

我的拳头不由自主地打了出去。中士脸上挨了一拳，仰面摔倒在地，鼻子血肉模糊。我还没来得及结果他，四个男人朝我扑过来，把我按倒在地。加拉尔·斯努西在门洞里冷笑，双臂交叉在胸前。他开心得不得了，很高兴自己比我狡猾。他给我设了一个陷阱，把我叫去他的办公室只不过是他计划的第一步，目的是让我变得不冷静，好让我在他下属的挑衅下做出过激的行为。

"我刚才跟你说什么来着，贝督因人？我说我会反对你的晋升。现在你相信我的话了？"

而我还当他是个滥竽充数的草包。少校比魔鬼还要坏。[1]

我被送去纪律委员会。

我被关了禁闭，晋升上尉的事也被推迟了，此后我回到费赞的家里，跟我的部落算一笔老账。

充满敌意、冷酷无情，费赞就是地狱的缩影，由于没有更好的办法，或命中注定要下地狱，格胡族人看中某样东西就跟饿坏了的鬣狗扑向腐烂动物的遗骸

---

[1] 在我亲自指挥的除掉共和国机关里拥护君主政体的寄生虫的清理运动中，我逼加拉尔·斯努西少校用手给自己挖了坟墓。——原注

一样。有一段时间我都把它当成地狱。

被饥渴和眩晕折磨的费赞就跟我一样。我就像慢慢扩大荒凉地盘的碎砾荒漠一样，一无所有、一文不名。

坐在一株洋槐树下，我想象曾经在这棵长了刺的树下停留过的牧民、土匪、朝圣者、逃兵、沙漠商队的旅人、冒险家、迷路的人、老爷和仆人，猜想他们一路都经过些什么地方，是否都到达了目的地。

我很不幸，这种情况很少见，就像落在沙地上瘦瘦的影子，就像我周围交错在一起杂乱的树根，不知道哪里埋葬它们的痛苦。

四周的酷热都无法跟我内心受到的煎熬相比。

我来沙漠里到底要找什么？静默的苦修还是消磨时间？这里什么都没有。我的参照并不比远处正在酝酿的海市蜃楼来得实在。我是来聆听内心的声音还是让中士的话永远沉寂？在我意志消沉纷乱的时候，似乎哪一样都不能做到。就像一个梦游者一样，我在风中摇摇晃晃，深信飞起来或掉下去对我来说都一样可悲。

一整天，我都在洋槐树下苦思冥想，直到我舅舅在家里等烦了，出来找我。

他对我说：

"你为什么待在这里，穆阿迈尔？"

"你想我能去哪里？"

"回家。你在太阳底下已经晒了几小时了，这不好，你可能会中暑的。"

"如果只是中暑这么简单就好了。"

"他们说的是真的吗？你被部队开除了？"

"他们推迟给我晋升。"

"怎么可能呢？"

"我打了一个下级军官。"

"你打了一个下级军官？"

"就算是国王本人我也打。"

"你怎么啦，我的儿子？"

"我不是任何人的儿子。"

我转过来面对着他。

他的背被岁月的重负压弯了，脸上像蒙了一层灰，我的舅舅就像挂在杆子上的抹布一样。贫穷已经把他啃得只剩下骨头了，只留下一双苍老的手去怜悯自身的命运。

我突然问他：

"谁是阿尔贝尔·普雷齐奥西？"

他一根手指戳着腮帮子，垂下眉头，想了好久：

"这是我们这里一个人的名字？"

"一个天主教徒的名字。"

"我这辈子从来没有和天主教徒打过交道。"

"好好回忆回忆。那是很久以前，当时那些天主教徒不请自来，到了我们家中。"

"垦荒者更喜欢海边，沙漠不是他们想要的。"

我站起身，比他高出一个头。在我看来，他比一个侏儒还要矮。

"你想让我相信没有一个信异教的士兵到过我们的领地？有些地方至今还保留着非洲军团装甲车的痕迹。离这里不到三公里的地方还有一些坦克的残骸。40年代你已经是当爹的人了，你肯定在路上碰到过一个天主教徒，一个逃兵或一个伤员，我们的部落或许出于仁慈收留了他。"

他皱着眉头，摇了摇头。

"你不记得1941年一次空战时有架飞机在附近被击落？"

他又一次摇摇头。

"飞行员没有丧命，我们部落的人去救他，把他藏了起来并医治了他……这种事情你不可能忘记的。那是一个法国人，一个科西嘉人……"

"没有任何一架飞机坠落在这里。二战时没有，之前之后都没有过。"

"看着我！"

我的嗓门大得就跟炸了锅一样。

"我是一个杂种，是科西嘉一个混蛋撒尿撒出来的野种，这是不是真的？"

我的粗话让他缩了缩脖子。我们通常是不应该在长辈面前说脏话的，但我的舅舅并没有反驳。他看我生气的样子，感觉自己没办法化解它，便叹了口气说了一句：

"我不知道你想说什么。"

"除了鼻尖你有时候是不是也看到其他东西？说吧，告诉我实话。我是不是一个科西嘉混蛋的小崽子？"

"是谁跟你瞎掰的？"

"这不是我要的回答。"

“你父亲是在决斗的时候死掉的，我已经跟你说过一千遍了。”

“既然如此，他的坟墓在哪里？为什么他没有和我们的先人一起葬在我们的墓地里？”

“我……”

“闭嘴！你是个骗子，你跟我说的都是谎话，我没有一丝理由相信你。如果我父亲还在世，就算要搬起地上的每一块石头我都会找到他。如果他已经死了，我最终也会知道他葬在哪里。至于你们所有人，我会把你们从我心中统统抹去，我会用我的余生去诅咒你们，直到真主对我说‘够了！’”

从此，我再也没有和我舅舅说过话。

在推翻国王宣布成立共和国之后，我又回到我的部落去庆祝我的革命，脑袋里全是众声喧哗。我来我的部落复仇。他们向我隐瞒了一个秘密，我要向他们证明我活下来了。那天早上，费赞为我焕然一新。沙漠的荒凉变成了一页白纸准备迎接我策马奔腾的史诗。

我盘腿坐在长老的帐篷里，笑容比清真寺尖塔上的新月还要高傲，我享受着我的族人对我狂热的崇拜。他们不再高高在上地看我，而是跪在我的脚下。孩子们四处奔走相告，由于我的出现兴奋不已；女人们躲在屋子里偷偷看我；男人们狠命地拧自己。我裹在军装里，就像穿着盛装的王子，我和亲友以及几个战友一起喝茶，沙漠上回荡着我们的笑声。一轮满月挂在白色的天空，就在大白天。

我舅舅站在帐篷外面，不知道他应该为我回来感到高兴还是因此要遭殃。我没有抬眼看他。我根本无所谓知道自己是一个科西嘉人的杂种或是一个勇士的儿子。

我是我自己的子女。

也是我自己的父母。

我们都是父亲的儿子？基督伊萨是真主安拉的儿子，是在沉默中发生的一起强奸的结果，还是一次不小心调情怀上的种，这有什么关系呢？伊萨懂得把自己年轻的生命变成永恒，把他的十字架之路变成一条银河，把他的名字变成通往天堂的密码。重要的是我们身后留下的东西。有多少伟大的征服者出自那群无所事事的国王？有多少文明一旦交到平庸的继承者手中就湮灭了？有多少坚强的奴隶砸碎他们的锁链建立了宏伟的帝国？我完全不需要知道我的父亲是谁，也无需去寻找一个陌生人的坟墓。我是穆阿迈尔·卡扎菲。对我而言，创世纪的大爆炸就发生在我占领班加西电台向睡眼惺忪的人民宣布我是他们的大救星的那个早晨。狗杂种也好，孤儿也罢，我让自己和国家的命运维系在一起，我代表了它的合法地位、它的身份。我已经开创了一个新局面，我再也不用羡慕神话里的神灵和历史上的英雄了。

我足以让自己骄傲地立于天地之间。

第十一章

当一枚导弹落到2区的时候，我正躲在房间里读《古兰经》，紧接着是第二枚……第三枚导弹的威力是如此之大，窗户上的玻璃都被震下来掉在地上碎了，发出刺耳的声音。

意料之中，北约的轰炸开始了。

我来到走廊上。有人在一楼大叫把灯熄灭，不要到操场上去。客厅亮着的几支蜡烛很快就被吹灭了。第四枚导弹落在距离被我们当作司令总部的学校不远处。我突然变得狂热、好奇起来，想亲眼看看我的城市被狂轰滥炸的景象，于是急忙朝通往露台的楼梯冲去。

我想看到世界末日的画面。天空划过一道道流星，巨大的火球裹着光环，像一个个太阳炸开来，探照灯在危险的地方扫来扫去，士兵在反击，消防车朝灾区疾驰而去，四处都是灼热的气流——而我看到的只是一点微弱的磷光，一座懦弱的、任由无人驾驶机轰炸的城市，躺在尘土里，像一个妓女躺在她肮脏的床单上。除了空中纷纷落下的炮弹和被炸成灰，像破布一样随风飘散的轰炸目标，苏尔特如同一个令人心碎的历史错误。没有汽车车灯，没有一声警报，没有从屋顶发出的枪响，只有爆炸声和黑暗中躲在地下的人们，一根手指按在嘴唇上，为了不发出声音。

我很失望。

我想起2003年3月28日星期五的那个夜晚，看到巴格达到处都是疯狂的火光。我在阿齐齐亚兵营的家里，面对等离子液晶显示屏，坐在扶手椅上不能动弹，完全被昔日哈伦·拉希德①统治下繁华的城市沦为一片凄凉的黑暗景象吸引住了。照明弹在战斧导

---

① 《一千零一夜》中的阿拉伯国王哈里发。

弹①的舞蹈中如惊鸿一瞥，空防的机关枪在空中画出感人的星星点点，钢筋混凝土的楼房纷纷倒塌，军火库爆炸就像一堆彗星四射开去。梦一般的景象多么壮观、多么可怕！面对北约世界末日般的火力轰炸，伊拉克人英勇反抗。一场由天才的编舞导演执导的大卫和歌利亚②之间的巨人之战。警报声和救护车的警笛声交织在一起，奏出这支让人不能承受的震撼而凄美的灾难交响曲。我会愿意在那个晚上死在巴格达受伤的臂弯里，死在一个骄傲而骁勇的民族中间；我愿意喊着"消灭侵略者！"的口号和石碑一起被炮弹炸成碎片。对一个殉道者而言，战斗到死都不放下武器就是最大的满足。随时准备在任何一个火球、任何一声枪响、任何一枚炮弹中献身，这就是最崇高的牺牲。

多么可悲，我在我的国家没有看到这一切。

苏尔特只是一个可怕的废物，一条被人用棍子拍

---

① 美国研制的舰对地巡航导弹。

② 歌利亚是传说中的巨人，据《圣经》记载，他作为非利士将军，带兵进攻以色列军队，他拥有无穷的力量，所有人都不敢迎战。最后，牧童大卫用投石弹弓打中歌利亚的脑袋并割下他的首级。大卫后来统一以色列，成为著名的大卫王。这里比喻盟军和伊拉克军队的激战。

打的破旧地毯，一块用来擦鞋上沾的狗屎的擦脚布，仿佛诸神选它来祭奠奥林匹斯山的湮灭。

"别暴露在炮火下，兄弟领袖。"

阿布·贝克尔请求我隐蔽起来。他站在楼梯平台上，因太害怕而没有到露台上来找我。他苍白的脸在昏暗中闪现，就像是停尸房尽头的一根蜡烛。

"兄弟领袖，请您到这边来。"

我想向他吐唾沫。

芒苏尔和特里德中校跑过来。

"求求你，元首，别待在那里。"

"为什么？"我反问他们，"他们摧毁的是我的城市，我怎么可能看其他地方或蒙上脸。"

阿布·贝克尔朝露台迈了一步。

"回你的洞里去，"我朝他发火了，"我不像本·A，我不会逃跑。我出生在这片土地上，这片土地就是我的墓地。"

"您会受伤的。"

"那又怎么样？"

"我们需要您，元首。"

"你们走吧，这是命令。我不怕死。"

　　一枚导弹在离学校一百来米的地方爆炸。国防部部长又猫着腰躲回门洞里，双手捂着耳朵。芒苏尔扑倒在地。只有中校敢走近我，但不知道如何劝说我跟他回去。

　　被导弹击中的楼房变成一束巨大的火炬，周围的树也跟着着火了，可怕的光芒照亮了一地滚烫的碎石。

　　受炮火和人类的疯狂刺激，我突然开始大喊大叫，张开翅膀祈求天上的闪电：

　　"你们不会活捉我的。我不是蒜头，不会被人用绳子绑了挂起来。我会战斗到流尽我最后一滴血……来抓我啊，你们这帮狗娘养的！我是真主安拉的战士，死亡就是我的冠冕。天堂里有我的位置，就在先知们的身旁，四周有天使和女神围绕，我在人间的坟墓上，会有无数的花环，和草原上的花一样多……你们以为呢？我不会像萨达姆一样躲在地洞里被人攥出来。你们不可能把棉签放到我的嘴里。你们不可能让我蓄着流浪汉一样的大胡子上电视丢人现眼。还有你，萨科奇，你休想把我的头颅放在高高的杆子上示众！"

"我求您，元首，跟我走。"特里德请求我。

我没有听他的。

我只听到我撕心裂肺的叫喊盖过了爆炸的喧嚣声。我是一个咆哮的火盆，浑身散发出超自然的力量，我感觉自己可以对抗风暴。

一枚炸弹在学校附近爆炸，冲击波打在我的脸上，再次燃起了我的怒火。我爬上护墙，敞开双臂，挺起胸膛，扬起下巴。

中校拦腰抱住我，阻止我继续朝墙边走去。他以为我要跳下去。我用手推开他，重新面对屠杀的场面，蔑视全世界。

"我就在这里，活生生站在我的基座上。要不要我自焚，好让你们看见我？来啊，勇敢点，你们这群胆小鬼，如果你们有胆量就过来抓我啊。我可不是本·A，不是萨达姆，也不是本·拉登！"

"元首，对面可能有狙击手……"

"让他们出来好了。恐怕他们吓破胆了，连一座山放在他们面前也打不中。"

中校又拦腰抱住我，好像抱紧我就可以把我的怒火逼出来，逼到星星上面去。我靠着他，把手做成喇叭状，放在嘴边，把我的叫喊传到比炮弹更远的地方：

"该死的萨达姆·侯赛因！你为什么要让自己被人活捉并在开斋节那天处决？你原本可以对准自己的太阳穴开一枪，剥夺北约跳死神之舞的快乐。因为你的错，先知穆罕默德和他的民族不敢再正视真主安拉……我，我要笔直地站在真主安拉的面前，看着他的眼睛，直到他转过头去。因为他没有放出他的神鸟去教训在我的土地上恣意流口水拉屎的异教徒。"

我的呐喊穿过原野，引发了诡异的景象：天地交融在一起，之后是深渊……

第十二章

我冷。

在我待的山洞里，漆黑一片，仿佛从古到今这里从来都没有过光。我摸索前进，心揪得紧紧的；我不知道自己要去哪里，但知道自己不是一个人，周围好像有人围着我转。我听到脚步声；我一停下来，声音也马上停止了。

"谁在那里？"

"……"

"谁在那里？我不是聋子。玩捉迷藏没有用，我听到你的声音了。"

"你听到的只是你内心恐惧的回音，穆阿迈尔。"

我朝声音转过身去；它在四周回响，弹到石头上，像洞穴里往来的风。

"我没有害怕。"

"不，你害怕了。"

"你以为我会怕谁？我是无所畏惧的领袖，我走路的时候高昂着头，连星星都要给我让路。"

"既然如此，那你为什么躲在黑暗里？"

"我可能已经死了。"

"不接受惩罚就死了？太容易了，你不觉得吗？"

"你是谁？天使还是魔鬼？"

"我既是天使也是魔鬼，以前我甚至还是至高无上的真主安拉。"

"那么，有胆量的话，你就给我现身。"

山洞的尽头有什么东西在动，向我走过来。我看到是一个人的形状，一个衣衫褴褛的可怜人，胡子如荆棘丛生，脖子上有一条长长的绳子。他戴着镣铐。

"你是谁？"

"你不认得我了？一分钟前你还诅咒我来着。"

"萨达姆·侯赛因？"

"只是他的幽灵，一个在黑暗中游荡的可怜的鬼魂。"

"那么说我已经死了。"

"还没有，只有肉体先殉道，你的灵魂才可以安息。"

"你想对我做什么？"

"正面看看你，看看你脸上的恐惧。你辱骂过我，诅咒过我，向我吐过唾沫。让我提醒你，我是被美国人和他们的北约吊死的。而你，你将被你的人民打死。"

"你的人民也背叛了你。"

"这不是一回事，穆阿迈尔。在我的统治下，伊拉克是一个伟大的国家。我的大学培养出了很多天才，巴格达每天晚上都在欢宴，我撒下的每一颗种子还没碰到土壤就已经发芽。而你呢，穆阿迈尔，你是怎么对待你的人民的？他们成了一群要把你生吞活剥的饥民。"

"我不会重蹈你的覆辙，侯赛因。我的命运掌握在我自己的手中。真主安拉也一样。"

"真主安拉不会和任何人在一起。他不是任由自己的儿子死在十字架上？他不会来救你，他会看着你像一条狗一样被碾死。当你咽气的时候，他甚至不会在那里迎接你。你将在黑暗中游荡，像我一样，直到你成为黑暗的一部分。"

"也许吧，但我还没有死。我还有力量去抗争，去挽回局势。我不会落到你那样的下场。我的王位在召唤我，用不了一周时间，人们会庆祝我的胜利，不会再有任何人在我面前抬高声调。"

"人们不会为风庆祝。起风了，它只是刮过。它带走的东西也无足轻重，它身后留下的也会被时间磨灭。"

"我不是风。我是穆阿迈尔·卡扎菲！"

我被自己的叫喊惊醒了。天花板慢慢地在头上转，我渐渐回过神。我躺在房间的沙发上，感觉不舒服，疲惫，喉咙被刀割过一样。人们竖起了一张小桌子，桌上有一个托盘，上面是一顿冷掉的饭菜：三明治和煮鸡蛋，一块巧克力棒，果酱和一瓶水。

"您应该恢复一点体力，元首，"阿布·贝克尔将军说道，"医生诊断有一点低血糖。您从昨天中午到现在都没有吃任何东西。"

"我怎么啦？"

"因为过度疲劳而引起的不适，一点也不严重。请您吃一点吧，您会感觉好很多。"

在我周围，除了国防部部长，还坐着芒苏尔和中校特里德，他们都目不转睛地看着我。

"我不饿。"

"您脱水了，兄弟领袖，您缺少卡路里。这样您撑不了多久的。"

"三明治是我亲自做的，"特里德说，好让我放心饭菜没有被下毒，"我随身带了一点吃的。"

我把托盘推开：

"我不饿。"

"元首……"

"我不饿，见鬼！你们总不至于捏着我的鼻子逼我喝汤吧！"

"医生……"

"医生关我屁事，他总不会教我该如何生活吧……几点了？"

"差不多凌晨四点半，先生。"

"不是应该已经出发了吗？"

"莫塔西姆上校还没有回来，先生。"

"这不妨碍我们离开。马上天就要亮了，我们怎么出城？"

"我们只有三十几辆车，先生，"将军摆出他的理由，"就这几辆车想冲出重围是不够的。"

我生气地捶了捶手：

"简直听不下去了，我周围都是些没用的家伙。你是谋士，将军，我的国防部部长。你应该找到出路，这是你的工作。你想我来替你做？这几个小时里你都在折腾什么？你等着吉卜利勒①来用他的翅膀给你扇风，是吗？"

"吉卜利勒已经死在希拉山洞②了，要凉爽我有水壶。"

这是虔诚超过智力的阿布·贝克尔将军第一次

① 吉卜利勒是《古兰经》中记载的著名天使之一，《旧约全书》称"加百列"。

② 相传，先知穆罕默德在此山洞静修时，天使吉卜利勒将造物主的启示传达给了穆罕默德，后被整理成《古兰经》传世至今。

在我面前说亵渎神明的话。这也是他第一次允许自己用反驳的语气跟我说话。虽然他的抗议声轻得几乎听不见，但这句话足以让我冷静下来。我明白我的人都遭受过太多的苦难，无法忍受我的坏脾气，而形势要求我对我最亲近的合作者都要表现出起码的明智和尊重。

将军的眼睛盯着地面，他后悔用唐突的语气跟我说话。他知道我极度敏感，就算有时候我会原谅别人的无礼，但我永远都不会忘记。

芒苏尔挠挠头顶，有点尴尬。

至于中校，他继续盯着我看，嘴边隐约有一丝微笑。

我一一打量他们，叹了口气，问是不是有我儿子莫塔西姆的消息。

"没有，先生，"将军想跟我和解，"轰炸很厉害，上校不得不待在原地。"

"他怎么样？"

"不知道，先生。"

"那你还等什么？马上派人去他那里看看。"

"我去。"特里德主动请缨。

"不，你不要去。我这里需要你。找其他人去。"

"去哪里找上校，元首？"将军问，"我们不知道他在哪里，他把卫戍部队撤了。"

"'我们不知道'，'我们不知道'，你嘴巴里就只有这一句。带侦察队的司机去看看。"

"他受伤了，先生。"

"他装的，我没在他身上看到有血迹。用靴子踢他的屁股，如果他真的开不了车，就把他放在副驾的位置，他只要给负责联系我儿子的军官指路就好了。"

将军答应马上就采取补救措施，立刻执行我的命令。几分钟后他回来了。

"我很抱歉，元首。司机伤得不行了。"

"这下好了，显然，他是个脑筋动得飞快的胆小鬼，那军官一个人出发好了。他自己看着办，我要我儿子在天亮前回到司令总部。"

"我不认为这是个好主意。"芒苏尔说。

"你难道有更好的主意？"

"轰炸结束了。叛军会卷土重来，回到他们撤退前的防线。他们的哨兵应该回到前哨了，我们的联络员可能会落入他们的陷阱。如果他被活捉，他们一定会对他用酷刑，逼他说出我们所在的位置。"

"我问你有没有别的主意。"

将军掏出他的手机，开始拨号码。

"你在搞什么？"

"我试试打给我儿子，他们和上校在一起。"

"给我关掉，蠢货。我们的电话都是连人造卫星的。你想让我们被定位还是怎地？上次他们就是这样找到我在巴布阿齐齐亚的位置的。"

将军连声道歉，把手机收起来。我命令他赶紧派一个军官去找我儿子，把他打发走了。

芒苏尔缩在角落里。我不明白他为什么待在那里惹我发火，而不去协助将军。

"你最好管管你的人，"我对他说，"放任自流会让他们士气消沉。振作一点，见鬼！你真让人沮丧。"

他点点头，站起身，拖着沉重的脚步离开了。

"一个毫无斗志的追随者，"剩下我和中校时，我说，"风光的时候神气十足，谁都不如他，一旦到了紧要关头，他就像一个泄了气的轮胎。战争让我们看清了人类很多负面的东西。真是可悲！"

"你对他太苛刻了，先生。芒苏尔刚得知他的侄子被米斯拉塔的叛军俘虏了。"

"芒苏尔的侄子被俘了？"

"两天前。"

"消息证实了？"

"消息传得沸沸扬扬的，这让当伯伯的更加绝望。他侄子是个勇敢的小伙子，我认识他。芒苏尔待他比待他亲生孩子还亲。他很内疚，因为是他把侄子送去耶夫兰投奔赛义夫·伊斯拉姆的。据一个幸存的目击者说，他侄子中了埋伏，被活捉了。"

"为什么他什么都没跟我说？"

"坏消息会让形势变得更复杂，先生。阿布·贝克尔将军也在担心他的几个儿子。莫塔西姆跟我说，自从卫戍部队撤离后，就和他们失散了。"

"部长知道这件事吗？"

"不知道。"

我把《古兰经》放在沙发的扶手上，用拇指和食指托着下巴，陷入深思。

"这场战争夺走了我们的一切，"我叹了口气，说道，"我们的儿女，我们的孙子孙女，但是，在所有服丧的家庭中，我的家庭付出的代价是最惨重的……我不想和我的亡灵生活在一起。刚才，在露台上，我谈到了天堂、天国的美女、我墓上的花环。我并没有发疯，我很冷静，每个词我都掂量过它的分量。我真的想一了百了，我祈求真主让一名狙击手把我打死。"

"您被气坏了。"

我盯着中校；他也看着我，没有傲慢，准确地说是一种复杂的神情，带着一丝疑问，就像小学生在老师面前不确定自己的答案对不对时流露出来的神情。

"你怕死吗，中校？"

"我进部队后，就一直有个原则：不应该怕死，因为人会因害怕而死去。而且，生命的终极，不就是死亡吗？不管是拥有一切还是生活艰难，总有一天，我们会受到死神的召唤，留下我们的财宝或我们悲惨的命运，然后从这个世界消失。"

这个小伙子的声音是健康的，让我感到安慰。

"你是信徒吗？"

他看着《古兰经》，意味深长。

"你什么都不用怕，"我让他放心，"我的思想很开放。"

他说：

"那好吧，先生，虽然我非常敬重像您这样虔诚的人，但在人间忍了一世后，等着我们的是最后的审判，这我不能忍受。死亡只有在它彻底结束存在之后才会有价值。"

"你不想去天堂？"

"去干吗？我很难想象永生是件让人开心的事情，永无终结会让人感到厌倦和无聊。"

"如果你没有信仰，你就不会有理想，中校。"

"我以前有过信仰，现在我连理想都没有了，先生。我放弃了前者，因为我不愿意跟那些伪君子分享同一种信仰，我放弃了后者，是因为我找不到和我志同道合的人。"

他突然壮起胆子，继续说道：

"您知道我为什么参军吗，兄弟领袖？因为一次讲话，或者更确切地说是一次抨击。您的一次抨击，先生。我忘了您是在什么场合、在什么地方讲的，但我记得您说过的一句话，这句话让我终生铭记。那天您气得都失去常态了，痛斥我们的马什里克和马格里布①的兄弟。您说了那句惊天地泣鬼神的话，但听到那句话的那帮人完全无动于衷：'有的是三亿五千万头盲从的羊！'"

这个小伙子让我着迷。他把我的愤怒牢牢记在心里，并把它当作他奋斗的目标。

"我们甚至不能生产我们搅拌茶时用的小调羹。我们就是一群大赌徒，整天想的不是挥霍钱财就是洗钱。我们的缺陷，先生，就是缺少思想。思想是我们所陌生的工具。没有思想，如何去思考明天，展望未来？我们只看到眼前，没有考虑我们的后代。有朝一日，我们早上醒来，一只手在前，一只手在后，我们扪心自问：'漫漫长夜我们都做了什么？'"

他脸涨得通红，决心戳破那个显然多年来一直啃噬他内心的脓疮：

---

① 马什里克，阿拉伯语是"日出之地""东方"的意思，指埃及、苏丹及其以东的阿拉伯国家。马格里布，阿拉伯语为"日落之地""西方"的意思，现为摩洛哥、阿尔及利亚和突尼斯三国的代称。

"我参军所做的一切，都是为了您，元首。只为了您一个人。在任何时候我都不觉得自己是在为一个国家的理想、身份或意识形态而奋斗，因为在任何时候，我都不信任那些自以为在逆潮流而上实际是在倒退的阿拉伯国家的决策者们。"

"我也是阿拉伯国家的决策者之一。"

"您跟他们有天壤之别。您是领袖，真正的、唯一的、无可替代的领袖。这也是今天您成为孤家寡人的原因。"

"我不认为我的努力是徒劳的，中校。"

"人们可以一直在沙漠上布道，先生，但沙漠上是无法播种的。"

两阵炮轰在学校周围回响。

中校请求我不要走出房间，自己朝走廊冲去，一声枪响。之后，是寂静……

我走到窗边，掀开一点帷幔；看不到院子。我走到走廊那侧，竖起耳朵。叫喊声传来，隔着几堵墙变轻了。楼下没有一点动静，没有一点声音。我听到铺满小石子的学校操场上的跑步声，心想，是有一支突击队袭击我们，还是有人叛乱。

没有人回答我。

我抓住栏杆，小心翼翼地一级级走下台阶。

外面，叫喊声停止了。

我不敢冒险走更远，而待在楼梯中间的位置，随时准备回到房间，拿上我的武器，以防万一。

"谁开的枪？谁开的枪？"

我听出将军的声音。

几个士兵走进楼下的客厅，抬进来两名受伤的男子。中校告诉他们把人放在什么地方：

"把他们放在地上，那边。"

芒苏尔和将军跑过来，有点懵。他们在两个鲜血直流的身体前停下来，我下楼走到他们旁边。两个伤者情况很严重，一个伤在脖子，一个伤在胸口；后者盯着天花板，受了惊吓，张着嘴巴对着一个檐口上的滴水。

"一个后勤人员发疯了，"中校向我解释，"朝两个同事开枪后自杀了。他躺在外头的操场上。"

"什么意思，他发疯了？他可能想杀死我。"

"他想去战斗，"一个军官插话道，"我想是因为轰炸。几小时以来他一直不对头，甚至拒绝躲在掩体里，然后就失控了，夺了一把枪，说他受不了再继续等，他想打仗。两个士兵试图夺下他的枪，他冲他们开了枪，然后自杀了。"

他带我走到操场上，手里拿着一个手电筒。

离学校大门两步远的地方，地上躺着一个男人的尸体，散了架，大腿和手臂分开，一半脑袋已经打飞了。我从箍在他手腕上的护腕认出了这个人：是穆斯塔法，给我送过早餐的那个副官。

第十三章

我命令将军和卫队队长集合好队伍，准备尽快从街区撤退，并请中校在房间陪我。

我无法忍受一个人待着，幽闭在光秃秃、寒酸的四堵墙里面，数着念珠，就像被判了死刑的人数着最后的日子。

我又拿起《古兰经》，想读一读，但无法集中注意力。饥饿让我的视线模糊起来，感觉变得迟钝。由于手指僵硬，我几乎捧不住神圣的经书。时不时地，一阵眩晕向我袭来，我想闭上眼睛，永远不再睁开。

中校在我对面的椅子上坐了下来。疲惫让他多了几道皱纹，但他的目光炯炯有神。

我想到穆斯塔法，那个副官，他打爆自己的脑袋想证明什么？为了赢得我的尊重，还是只对自己产生了怀疑？奇怪的是人们希望通过死亡来得到他们生前没有得到的东西。我想弄清楚他们矛盾的心理，但我手指触及的地方，指印被思想胶质的表面抹掉了。我以为理解他们的真实想法后，过了很长一段时间，结果才发现自己完全读反了，我以前认定自己已经窥破的奥秘，如今把我完全吞噬了。

刚才在露台，我要求死亡赋予我活着可能无法给予我的东西：荣誉、君王的合法地位、自由人的勇气。我准备好了像英雄一样死去，以保全我的传奇。这不是演戏。站在护墙上，我想成为自己的战利品，要求得到绝对的威信。战败没什么可耻，失败有它的好处，它至少证明了我们曾经抗争过……看到我"演的这一出"，我的下级们会怎么想我？是不是以为我疯了？我承认自己刚才很可笑；一个人因为担心失去我的信任而选择放弃一切，这时，我才意识到我的愤怒并不明智，但我不后悔把我的决心大声、用力地喊了出来。

生命是那么复杂，那么不可思议。才几个月前，西方恬不知耻地为我铺上天鹅绒地毯，以贵宾之礼迎接我，在我上校的肩章上插上月桂，允许我在巴黎的草地上支帐篷，原谅我的粗野，对我的"臭脾气"视而不见。而今天，他们却在我自己的领地上把我当作一头从苦役犯监狱的绞刑架下逃脱的普通猎物来围捕。变脸变得太快。前一天还把你捧上天，后一天就把你踩在地上；前一天你还是个猎人，后一天你就成了猎物。你相信那个"声音"，它让你感觉自己就是神。然后不知不觉，你发现自己有朝一日躲在角落里，赤身裸体、无依无靠，身边连一个朋友都没有。在统治者高高在上的孤独中，除了我没有人在冒险，我不排除被谋杀或被推翻的可能性。那是一个绝对王权的代价，尤其是当王位是用鲜血抢夺来的。在挥之不去的罪恶感和背叛的折磨之间，没有一毫米的缝隙。我们脑子里移植了一个警铃，天天都生活在不安之中。睡着的时候也和醒着的时候一样，要么在沉思，要么在挣扎，对什么都将信将疑。一不小心，瞬间一切都不复存在。

没有什么比一个君王所要承受的压力更大的

了——精神高度紧张，总是那么神经质，就像干渴难耐的动物，没办法一门心思地喝水而不三番五次地张望周围的一切，竖着耳朵，鼻子嗅着空气里的味道就像在闻一种可能的毒气。但我怎么也没想到自己会沦落到这个地步，在一所废弃的学校结束性命，在一座毫不起眼的城市！被忘恩负义的军队包围，怎么能让自己跌得这么惨，我不是觉得天边的满月都显得小家子气？就算让我亲手杀死几千个叛匪，也无法安慰正在像癌症一样啃噬我心灵的忧伤。我感到自己被欺骗、被背叛；甚至在我内心一直歌唱的那个"声音"也突然喑哑了。寂静穿透了我的身体，四处飘荡，就像夜里的幽灵一样让我恐惧。

我的手表指向5点。

楼房周围响起巨大的引擎声。

我用手指拨开挡在窗前的帷幕，看看外面发生了什么。

"您可以把它扯下来了，先生，"特里德中校说道，"我们不必再躲躲藏藏了。"

"你这么认为？"

"让我来，您会弄脏自己的。"

他让我退后，然后把帷幕扯下来，掉在地上扬起一阵灰。

外面，天都用不着亮，2区冒烟的废墟和还在燃烧的房屋照亮了天空。

苏尔特可以一直把火光当作阳光，但这不能阻挡夜晚再次来临。

在有些地方，冲锋枪又开始交火了。人们在困境中醒来，夜晚并没有带给他们脱困的灵感。

依然阴云密布的天空，依稀还能看见几架无人驾驶机在盘旋，就像秃鹫在寻找垂死的猎物。

一切都让人相信，城市在废墟中醒来只是为了很快再昏昏睡去。这天的黎明仿佛流出的是白色的血，就像流脓的疮口。

"这一次我们脱不了身了，中校。"

"您为什么这么说，先生？"

"我已经没有预感了，内心深处寂静无声，这不是好兆头。我不会投降，但我也看不到有朝一日可以东山再起。"

"我经常落入陷阱，先生。我以为自己就这么完蛋了。比如在马里，在阿盖洛克附近，部队把我们包围了，我当时和阿扎瓦德叛军首领以及他的三个中尉待在一个茅屋里，又饥又渴，只有一排子弹和几页经文，我们都认定这将是我们生命的最后几个小时。之后，刮起了沙尘暴。我们走出茅屋，顺利地走出了包围圈。"

"今天不会起风的。"

我转过身瘫倒在沙发上。

"我们就要输掉这场战争了，中校。"

"是利比亚将要失去您了，兄弟领袖。"

"这是一回事。"

"从一个方向看是的。"

"从另一个方向看呢？"

他没有回答。

"只有一个方向，中校，那是命运已经写好的方向。我们只是一些演员，扮演着不一定是我们自己挑选的角色，而且我们无权看剧本。"

"您书写了历史，元首。"

"错了，是历史书写了我。回顾自己走过的路，我发现没有一件事是出于我自愿，不管是建功立业还是奇迹般地脱险。我对自己说，既然一切都是事先写好的，为什么还要费尽心机呢？真主知道自己在做什么……但最近这段时间，我在想他是不是已经把这一页翻过去了，他或许已经选中了另一枚棋子来玩了。"

我拿起《古兰经》，又马上把它放下。

"你看到了，中校？就算是最美的童话，喋喋不休没完没了，最终也会让人感到厌烦。或许真主安拉开始觉得腻味了，已经对我的故事不感兴趣，甚至都不想知道故事的结局。"

中校递给我一块巧克力。

"巧克力里面含镁，先生。您应该恢复体力。"

"我不饿。"

"请您吃一点……"

"我是神秘主义者，禁食对我十分有利。当事情变得乱糟糟的时候，它可以让我保持头脑清醒。"

他不再坚持，回去坐到椅子上。

这个小伙子很棒。他高贵，有性格。他出奇地冷静，不断让我对他另眼相看，而且他还有罕见的品德，他自然，不做作，知道我很器重他，但从不恃宠而骄。换了别人，一定会滥用我对他的倚重；而他，把这一切都埋在心底，当作是一份神圣的礼物，如果拿出来就会变质。

"有什么事是你想做却还没有机会去做的，中校？"

他想了两秒钟，然后，用几乎听不见的声音说：

"有人疯狂地爱我。"

"人们还不够爱你吗？"

"我妻子抱怨说她嫁了一个幽灵，因为我总是不在家。而我的那帮小伙伴嫉妒我嫉妒得要死，每次我出去执行任务，他们都祈祷我回不来。"

"对你的小伙伴而言这很正常，他们怪你比他们优秀，他们恨你是因为他们知道自己永远都不及你的脚踝。不过，这不应该是你妻子的情况。她虽然妒忌，却日夜祈祷你可以回到她身边。"

"她知道我对她是忠诚的。"

"这类事情谁都不知道。不管我们多么信任爱人，当他不在身边的时候，猜疑就成了我们的陪伴。"

"结婚八年，我一次都没有对她不忠。"

"你会有艳遇的。你那么迷人，那么优秀，比你同届的同学都升得快，不管哪个女人都会投入你的怀抱，女人对军阶的迷恋更胜过对肌肉的钟情。"

"不是所有女人都这样，兄弟领袖。"

"你怎么知道？有一些床笫之欢是忠诚的丈夫想象不到的。"

他举起手表示投降。

"我希望什么都不要去想。"

"这并不取决于你。"

他笑了，找不到话来反驳。

他的好心情让我平静了一些。

"除了被爱，还有什么你心心念念想做的事？"

他把双手合在鼻子两侧，陷入沉思。当他再开口说话的时候，他的眼睛亮晶晶的：

"我爷爷是牧羊人，没受过教育，但他的生活态度很积极。我从没见过什么人这么安贫乐道的，小小的满足就可以让他幸福。如果真主安排得好，对我爷爷而言，一切都安排得好，满足于看到事物原来的样子，而不是我们希望它成为的样子。在他看来，活着就已经很幸运了，好死不如赖活。我记得他什么草都吃，不管冬夏都穿一样的破衣烂衫。当我邀请他来艾季达比耶和我的小家庭一起住在面朝大海的漂亮别墅里时，他摇摇头拒绝了。这世上没有任何东西可以让他远离他支在大地苍茫间的帐篷。"

"他错了。"

"或许，但我爷爷就是这样的人。他选择自由自在地生活，不用伤脑筋。他很幸福，和他喜欢的人们一起分享的欢乐也很多。每天早上，他天一亮就起床看天边火红的云霞。他说他不需要更多……这就是我想做的事，先生。成为像我爷爷一样的人：无忧无虑，一点小小的幸福就可以让短暂的生命变得圆满。"

"我很难理解有些人把逆来顺受当作谦卑来赞颂。"

我发现中校天真得让我感动，心想他日后会变成什么样子。我希望他可以脱险，他是那么年轻、那么英俊、那么真诚。他代表了我梦寐以求的利比亚军队的样子，可以继承我的衣钵，在每次纪念活动的时候都为我树立丰碑。

"你知道凡·高吗，中校？"

"当然。他割伤了自己的耳朵，为了画布上的红色跟他的痛苦一样强烈。"

"有人告诉我说他自戕是因为一段不幸的恋情。"

他张开双臂：

"每个天才都会有人编他的各种故事，先生。您说除了死没有什么是真的，是谎言造就了人生。"

"我不记得自己说过这样的话。"

"以后还会有更多名言归功于您的名下，兄弟领袖，就像很多佚名诗都说是穆泰纳比[①]写的。这已经成了神话传说的一部分。"

"你觉得人们会记得我吗？"

"只要这个国家还叫利比亚，人们就会记得您。"

"会记得我什么呢？"

"您会有一帮信徒和一堆诽谤者。前者赞美您，后者指责您做的大事，因为他们一辈子都没做过什么像样的事情。可以肯定的是，大多数的群众都会怀念您。"

---

① 穆泰纳比（915—965），10世纪阿拉伯诗人，在阿拉伯世界负有盛名。

"我不这么认为，中校。群众并不比那些一时头脑发热的人有记性；否则，如何解释我为他们做了那么多事，他们现在却要我死？"

中校用手指捋了捋头发。一缕刘海垂到他的额头，越发显出一个年轻军官的飒爽英姿。他盯着自己白皙的手看了看，然后说：

"我在莫斯科附近的军事学院实习时，结识了一些俄罗斯朋友，都是些刚从大学毕业的年轻军官和年轻干部。他们拿着多功能手机溜达，开最新款的四轮驱动车，用迪奥香水，穿名牌服装，在时髦的电脑上敲键盘预订豪华餐厅的餐桌。他们都是这个时代的人，富有而忙碌。他们没有经历过匮乏的年代，tchorni khleb①的年代，没有在货架上几乎空空如也的商店门口排长队。但当他们喝醉酒，把叉子当成耙子时，他们开始抱怨一切，怀念过去……永远都是这样，兄弟领袖。"

"我在人们心中会留下什么形象？领袖还是暴君？"

---

① 俄语，"黑面包"。——原注

"您不是一个暴君，您做了必须做的事情。群众分两类，一类有头脑，另一类要用棍棒调教。您的人民就是需要鞭子抽的那种。"

我不同意他的观点。

我承认我对反叛者毫不手软，此外还能怎样？统治是一种文化，只有一味调料跟它搭：鲜血。不流血，王位就是一个绞刑架。为了保住我的王位，我向变色龙学习：我前进的时候一只眼睛看前面，另一只眼睛看后面，每一步都谨小慎微，说出来的警句格言比闪电还要迅猛。当我把自己融入周围的环境中时，环境也成了我……

"我只对叛徒严惩不贷，中校。对人民，我是爱护有加的。"

"不应该这样，元首。您就是对他们太好了，这会让他们变成懒惰的刁民。他们满足于坐等天上掉馅饼，连蛋糕上的苍蝇都懒得去赶。工作、求知、有抱负，这对他们而言都是浪费时间。而且，既然有兄弟领袖为所有人考虑，那干吗还要劳心费神呢？利比亚人完全没有理解您的慷慨，只知道滥用您的好心。他们把自己当作老爷，以为这样的日子会继续下去。

只要有人为他们干活，有人为他们开机器，干吗还要自寻烦恼呢？看着别人替他们奔忙就好了。今天，他们想证明他们应该获得更多的好处，于是去咬养他们的人的手。请允许我这么说，先生，我认为您当初真应该用对待叛军的手法去对待您的民众。这些人不配我们为他们操心。这是一群小业主和走私犯聚集起来的乌合之众，只知道投机倒把和偷懒。未来的一代代人会怀念您，因为，我们豢养的这帮畜生只会糟蹋田地、在广场残害民族英雄，我们子孙将来要继承的，只能是一个落入无能之辈和傀儡手中的国家。"

听了中校的话，我感到既难过又宽慰。

"年轻人，比起你的勇敢，我更喜欢的，是你的直率。我的部长和朝臣们从来没有一个人能让我清醒地看到现实，所有人都对我阿谀奉承，说我把游牧的贝督因人变成了地球上最骄傲的民族。"

"他们并没有骗您，您的确把一群彼此仇恨的部落变成了一个有血有肉有灵魂的整体。不过真相在别处。"

"他们为什么要对我隐瞒真相？"

"因为真相说起来并不美，先生。"

这时候，房间的门猛地被推开了。是芒苏尔跑来报告，他气喘吁吁、焦虑不安，脸涨得通红。他告诉我负责联系莫塔西姆的军官回来了，我们应该上路了。

我朝中校转过身，说：

"弄清真相的时刻到了。"

第十四章

在底楼，一片忙乱。

士兵朝什么方向跑的都有。军官们大喊大叫给自己壮胆，催促那些磨磨蹭蹭、被局势的转变弄得晕头转向的人。

我最怕看到混乱的场面，它会蔓延，刺激我的神经。

我怀疑指挥官没有给部下发号施令。我在乱糟糟的人群中找他，但哪里也见不到他。

芒苏尔把那个军官带来见我。这场混乱的始作俑者很年轻，可能刚从军校毕业。他向我行了礼，被我明显不满的脸色吓得差一点摔跤。

"我儿子在哪里？"

"他马上就到，先生。"

"你见到他了？"

"是的，先生。"

"你亲眼见到的？"

"千真万确，先生。他交给我20辆车，我带回了这里，他还让我告诉您，我们应该马上离开。"

"为什么他没有和你一起回来？"

"他在指挥第三批车队，也是最后一批。至少有30辆车。他的速度因为两门'石勒喀'自行高射炮①而放慢了。"

"他没受伤吧？"

"没有，先生。他说我们一离开2区，他就会在半路赶上我们。"

我的四驱装甲车停在大楼前的操场上。特里德中校组了一个小分队，把司机们都召来，把行走路线告诉他们：

———————

① "石勒喀"，苏联装备的第一种全天候、全自动多管联装的自行高射炮。

"四辆车打头阵探路,我坐第五辆车,跟前面的车间隔200米,元首坐第六辆车。遭遇攻击时严禁停车,如果我离开车队,你们跟着我走,一秒钟也不要让我离开你们的视线,你们负责保护元首。"

司机们立正,鞋跟"啪"地一靠,回到车上。

芒苏尔和我在装甲车上坐好。

"将军在哪儿?"

"他出去看他的两个儿子到了没有。"卫队队长告诉我。

"把他带回来,我要他跟我坐同一辆车。"

有人跑去找将军。

每分钟都让人感觉重千金。

我在座位上坐立不安,撞到驾驶员的靠背上。

阿布·贝克尔终于来了,气喘吁吁、满头大汗。

"你去哪儿了,见鬼!"

"我找我儿子去了。"

"现在不是时候。坐前面,就等你了!"

将军一爬上四驱车,车队就开拔了。

我们在一片喧闹声中离开了学校。匆忙中,有的车撞到了一起,有的车开到了人行道上去,想赶紧到达指定位置。

车队最终归好了队，开到那条朝海岸线去的大道上。当我们到达第一个十字路口的时候，我发现我把《古兰经》和念珠落在房间里了。

我们无遮无挡地行驶在海边公路上，顾不得可能会遭遇埋伏和空袭。

很难得阳光灿烂。尽管有烧着的房子在冒烟，阳光仍然非常耀眼。仿佛太阳都投靠到叛徒那边——它照亮我只是为了让我成为一个靶子。

我并不放心，但我也没有过度担心。我不知道人们要带我去哪儿，拐弯处等着我的是什么，但我也感觉没必要知道。知道了又能有什么改变呢？

芒苏尔僵硬地坐在我右边，紧紧抓住他的枪，就好像拽着一根能把他从沉默的深渊中拉上来的绳子。他的指关节发白，眼袋发青，眼睛里布满血丝。我猜想他正在内心祈祷。

坐在车上，发动机的隆隆声听上去有点凄凉。

将军在后视镜里盯着我儿子指挥的第三支车队出现，他希望在车队里可以再见到他的两个儿子。

"你看到什么了吗？"

"还没有，元首。"

"莫塔西姆为什么要弄石勒喀自行高射炮来碍手碍脚？"芒苏尔抱怨道，"那是些辎重坦克，它们会让我们减速的。而且，37毫米怎能对付北约部队的飞机，射程太短了，用它们打大鸨还差不多。"

"总比什么都没有好。"将军说道。

"作为装备甚至都不靠谱，"芒苏尔固执己见，"轰炸我们的飞机从海上就可以发射炮弹，根本不用靠近我们的海岸线。"

我宁可听不见。

我试着什么也不想，深入到内心去寻找那个"声音"，它曾在我把看破红尘的苦涩埋藏在我那颗中尉的心里时，许我巅峰和最美时光，在我孤独时给我希望和挑战。它去了哪里？为什么沉默不语？我想象它蜷缩在黑暗中的某个地方，这种黑暗慢慢地包围着我，我只听到自己祈祷的回声。那个"声音"已经离开方舟，无人掌舵。

我独自一人面对命运之神，而命运之神在看别处。

苏尔特，我青少年时代待过的城市，我革命的摇篮，也对我背过身去。

从前，广场和体育场聚满了前来欢迎我的人群。人行道和看台上热情高涨，旗帜飘扬。人们挥舞着我的画像，对我高唱赞歌，直到嗓子哑掉。就在这里，在这座所有记忆都开始消散的城市，我发誓要打倒宿命。当时，那只是一个不知道如何展示自己又不吸引人的教区。在高地，有钱人梦想着地中海北岸金光闪闪的赌场；在低地，因为一无所有，穷人们什么也不想。两个阶级中间横亘着无法逾越的鸿沟，就算他们路上碰见，也不是真正的相遇；他们错肩而过，仿佛对方是幽灵，各自属于自己的平行世界。我记得小饭店散发出荒年的气息和尿臊味；市场上到处是乞丐和皮包骨头的小偷；头上长痂的小孩在尘土中奔跑，鼻子喘着粗气、有眼屎的眼睛围了苍蝇，一个个都像被魔鬼附了身一样。我还想起露天茅坑散发出来的令人作呕的臭气，看到衣衫褴褛的女人坐在门口诵经，声音比葬歌还要凄凉；流浪狗在垃圾堆里呲着獠牙，吓跑其他饿得要死的野狗；老人们靠在墙上，就跟没有人要的稻草人一样；狭窄幽暗的小街就像弯弯肠子一样。就在这里，在这座城市，我跳起来掐住一个警察的脖子，因为他当着孩子们的面扇了一个向他问路的父亲的耳光。我从来没有忘记孩子们的目光，从没见过比这更令人屈辱的事情。那是篡夺了权力的封建领主的嘉年华，有钱人说着意大利语，坐在四轮双座敞篷车上撞了行人也不停车。

于是我说："够了！"

于是我呐喊："处死国王！"

于是我建立了共和国，伸张了正义。

就在这里，在这座毫无魅力的城市，我拆除了小饭馆，推倒了破房子，盖起了高楼大厦，修建了有各种基础设施和非常先进的现代仪器的医院，亮晶晶的商店美得像水族馆，漂亮的广场和铺了马赛克的喷泉；我规划了和演练场一样宽敞的大道，把空地都建成了鲜花盛开的花园，让梦想融入生活的欢乐之中。

这一切都归功于谁？

归功于我，靠的是我一己之力，革命之父，来自沙漠的古斯族被真主眷顾的孩子，他在人们的心里和脑海里撒下了祥和的种子。

　　我是山^①上的穆萨的后裔，一本绿皮圣书^②就是当年的石板。

　　一切都顺理成章。

　　颂扬阿拉伯民族主义的人们对我大唱赞歌，第三世界的领导人们对我俯首帖耳，非洲的总统们对我言听计从，革命小将们景仰我崇拜我，自由世界的孩子们拥戴我。

　　谁不知道穆阿迈尔，推翻君主统治的英雄，猎鹰的好手，27岁就被尊为元首的费赞的贝督因人？

　　当初的我年轻、英俊、自豪，天赋异禀，我只要随便捡起一块石头就可以把它变成炼金石。

　　而今天，我，领袖魅力让女人们神魂颠倒的奇迹创造者，我看到了什么？在成就了这么多的宏图大业后，我看到了什么？……一个惨遭外族军队劫掠蹂躏的城市、窗户被砸破的别墅、萧条的广场、被亵渎的建筑和烧毁的汽车的残骸——满目疮痍。

　　人们画掉了我的标语，涂掉了外墙上我的画像；

---

① 指的是西奈山，穆萨在山上得到了神颁布的"十诫"。
② 指《绿皮书》，阐述卡扎菲提出的"世界第三理论"的专题著作。

我见到一块牌子上我的一幅画像被尖刀刺过，还被涂上了粪便。

人们就是这样爱戴他们的领袖的？

这些民众真心爱戴过我吗？抑或他们只是一面镜子，照出的是我无比膨胀的自恋？

不，他们并没有认同我；是我把他们当作了自己人，把他们的欢呼当成了到手的现金。现在，我明白了：利比亚人民根本不懂什么是爱戴。他们欺骗了我，就像那些唯利是图的小人和我睡过的女人嘲笑我一样。我是他们的"芝麻开门"；他们奉承我是为了我在他们吃我的、喝我的时候还为他们举烛台。我让一群乌合之众成了一个幸福繁荣的民族，而他们现在就是这样来感谢我的。

在我的宫殿里，我担心背叛，结果我在郊外落难时，领教到了背叛的滋味。

特里德中校说得没错：人民不过是群乌合之众。他和我相反，我生活在铜墙铁壁的城堡里，而特里德是冲锋陷阵在第一线的人。他生活在群众中，别人一举手一投足，他就知道他们是什么样的人。我本应该像对待反对派一样去对待我的人民，应该对他们更加严厉更加提防。

我的反对派背叛了他们自己，我的人民背叛了我。

如果可以重来，我会消灭半数民众，把一部分人关在集中营里劳动改造，直到他们累死，剩下的一部分我要把他们吊死在大街上以儆效尤。斯德哥尔摩综合征^①是对待刁民唯一可行的秘诀。

人们怎么敢在背后朝我捅刀子？

是我给了利比亚一切。如果它今天毁于一旦，也是因为它辜负了我的好意。那就让它灰飞烟灭吧，该死的祖国。你的肚子不能繁衍后代，在你的死灰中不会有凤凰涅槃浴火重生。

为了让一片森林重生，就应该把它焚毁，这就是人们干的蠢事。

去他妈的！

有些森林毁掉后无法重生。它们像那些异端一样自焚了，在它们的灰烬中从此寸草不生。

以后，神话会说利比亚曾经是一片森林，森林是

---

① 斯德哥尔摩效应，又称斯德哥尔摩症候群，也叫人质情结或人质综合征，是指被害者对于犯罪者产生情感，甚至反过来帮助犯罪者的一种情结。

由一个人的头发长出来的，这个人是一个神圣的梦的产物。普天同庆，一面迎风招展的绿色的旗帜，一本同样颜色、写满神圣诗句的书，我为成了我的女儿的祖国祈祷和祝愿，祝它不要受魔鬼的雷电击打，也不要有火光之灾。

利比亚是我的魔法，我的奥林匹亚山。

在这里，在我的王国，我是最谦卑的君王，自从阿拉伯人一听到我的军号声就立正后，他们站起来了。

在这里，在诗人和弯刀的土地上，每一个生命的诞生只因为他信赖我，每一条从石头缝里喷溅出来的溪流都想接近我，每一只在窝里高声长鸣的鸟儿都在歌颂我。

到底发生了什么？突然，阿雅①倒过来了，我的臣民对我的话喝起了倒彩。

多么悲哀！

我就像真主，我创造的世界和我反目成仇。

_____

① âya，阿拉伯语词"阿雅"可翻译成"迹象"或"奇迹"。

第十五章

阿布·贝克尔坐在座位上，脖子转个不停，眼睛一会儿看后视镜，一会儿扭头朝后看。我们穿过废弃的街区行驶了十几分钟：商店被打劫，房子门户大开，铁栅栏散了架在寂静中哐当作响，被烧毁的汽车残骸见证了破坏者的残暴。他们甚至连路边几棵树也不放过。

仿佛是一座死城。

在一个机关大楼的门楣上，一面象征哀悼的黑旗在飘荡。

永别了苏尔特，一切都不会再和从前一样了。你的节日都将伴随着哀乐，你的盛宴都将会有灰烬的味道。不过，当别人问你昔日的光泽都去了哪里，我希望你不要低下你的头，不要伸出手指指控今天蹂躏你的野蛮人。千万不要回答，因为你的光泽，是你自己令它改了容颜。

车子飞速前进，但是，我感觉我们在原地打转，因为周围看到的都是一样的景象。人行道上是一地的碎玻璃和碎石，还有大块大块的黑渍，应该是轮胎烧毁留下的痕迹，被攻占的路障，被百般蹂躏之后浇上汽油烧毁的人。空气中弥漫着火葬场的可怕气息，就像世界末日的前奏。

从我们离开学校后，我们就没有遇到过活物，除了几条逃离战场的狗和几只迷路的猫。我们发现人留下的唯一的痕迹，是一具挂在路灯上的士兵的尸体，裤子褪在脚踝处，性器官被割掉了。

"我们身后扬起的那团尘土是什么？"将军问司机。

司机调了调车外的后视镜：

"我好像看到几台石勒喀，将军。肯定是莫塔西姆上校的支队。"

将军重新在座位上坐好，松了口气。

就在他扭过头想看看我是否很开心儿子终于和我们会合的时候，轰隆隆的炮声响起。路上出现了叛军的一个路障。队伍领头的几辆车掉头朝南走，车队在枪林弹雨中紧随其后。一辆皮卡被子弹打翻了，一头栽进沟里。车上的人被弹出来，他们开枪自卫，很快就被打死了。

我们朝正南方驶去。

将军递给我一个头盔和一件防弹衣：

"麻烦开始了。"芒苏尔嘟囔了一句。

一阵剧烈的爆炸声让我们的队伍停了下来。前面，几辆车被炸得偏离了方向，向左向右的都有。我的贴身保镖坐的第二辆四驱车着火了。

特里德中校一边按喇叭，一边伸出一只胳膊，示意司机们继续前进。

我们从着火的四驱车旁边经过。车子的后门躺在柏油马路上，边上是一个被炸飞的半截身子。驾驶室里，车上的人当场毙命，留在烧着的座位上。

"路上被埋了地雷。"将军大叫。

"地雷会把路炸坏。"芒苏尔说。但这辆车还留在原地，可见是遇到了空袭，可能是一架无人战斗机。

特里德中校的车到了车队领头的位置；我看到他催促司机加速，然后让两辆车通过，重新回到他在车队的位置，在我的四驱装甲车前面。

在我们后面，车队的一部分停了下来，因为撞车或机械故障问题，其他车子想方设法从它们旁边绕过去追赶我们。

芒苏尔把手搭在我的膝盖上想安慰我。

"把你的爪子拿开。"我命令他，"千万别碰我，我可没有忘记你昨晚的态度。"

他没有抽回手，在我的膝盖上按了按：

"穆阿迈尔老兄，我的主人，我的领袖，我们就要死了。为什么我们还要因为一些无聊的琐事彼此生气，带着怨气离开这个世界？"

"我们会从困境中摆脱出来的！"将军冲他大喊，"真主和我们一起。"

"真主已经换阵营了，我可怜的阿布·贝克尔，"芒苏尔叹了口气，"他站到另一边去了，现在，他只给我们留下了哭泣的眼睛。"

我用肘子撞了一下他的肋骨，逼他闭嘴：

"闭起你的乌鸦嘴。"

在我们身后，是一片溃散。一些车原路折回去了，另一些在街上散开了。先是断断续续的爆炸声响起，然后是连续的射击。

"我们遭遇攻击了，将军？"

"我认为不是，元首。"

"我们的人恐慌了。"芒苏尔解释道。"他们胡乱开枪，因为不知道发生了什么。他们会浑然不觉地自己跟自己打起来。"

中校也看到车队的第二梯队正在发生骚乱。他掉头回去想让队伍恢复秩序，但看到事态恶化，于是又回到我们身边，用手示意我们的司机跟着他的车。

我们商定在环岛就掉头，回到遭遇空袭的那辆车旁边，车子走在一条坑坑洼洼的道路上。将军提醒我三分之一的车队已经不见踪影。我回过头去查看，只看到二十几辆车还继续跟在我们后头。

"一定要加强纪律整顿队伍，将军。否则，我们会被自己拖垮的。"

"有个军营离这儿不远。"他提醒我。

"我们去那里。"

我们超了中校的车，指引它去兵营的方向。但兵营被叛军占领了，他们用12.7毫米的机关枪和反坦克火箭招待我们。我们边打边溃退，景象无法形容。震耳欲聋的喧嚣声在我们头上飞过，就在我瞥见两架战斗机像两颗流星在天上划过的那一刹那，两枚炮弹击中了纵队。在我们身后，两辆车接连爆炸，就像中国的鞭炮一样。一只燃烧的手臂飞到我坐的四驱车的风挡玻璃上。车队乱了，有些人丢下汽车，躲闪逃窜。

一些木桩拦住了道路。我们朝另一条平行的街道驶去。

"他们要把我们引到陷阱里去，"芒苏尔警告我们，"让车队后退。"

"朝哪边退？"阿布·贝克尔咆哮道。

"朝马哈利酒店的方向。"

"太冒险了。"

"总比朝不知道的地方一头冲过去要好。"

特里德中校的汽车突然刹车，但太迟了，没能避开排在路上的钉齿耙，一头撞了上去；我的四驱车跟着撞在他的车上。司机和将军被气囊撞晕了。芒苏尔打开车门，跳到地上，顺手就结果了两名被撞击声吸引过来的叛军。我握紧我的卡拉什尼科夫枪①，也从车子上跳下来。司机还有点晕晕乎乎的，帮将军从座位上解脱出来。

我们开始盲目逃跑，我的士兵们开枪瞎打一气，整个街区布满了叛军。我们被包围了，巷子里也打起来了。回敬炮火不断攻击的是"Allahou aqbar②！"的呐喊。车队的第三梯队在我儿子的指挥下，试图突破防线，和我们会合，但他被迫击炮的炮火拦住了。枪林弹雨打散了我的部队，芒苏尔不见了，特里德中校满脸是血，他示意我低下头，贴着一堵墙走到他身边。我的几个贴身保镖围住我。在我们附近，墙的另一边，一辆皮卡上架了一挺重机枪，正朝周围扫射，它散发出来的硝烟弥漫在空气中，我的嗓子感觉很不舒服。特里德瞄准枪手，打爆了他的脑袋。我们从后面包抄那辆皮卡，扔了两个手榴弹就把它搞定了。我看到司机在车里缩成一团，火焰吞没了他。

左边，五十几个士兵挡住了叛军的几支小分队，

---

① 一种苏制步枪或冲锋枪。
② 阿拉伯语，"真主至大！"

使他们不能靠近。我看到我儿子莫塔西姆正在指挥，他也看到我了，用手示意请我待在原地。叛军试图绕到我们后面，阻止我们进入一个居民区。枪战越发激烈，迫击炮的炮弹瞄准了我们的位置，想把我们轰出来，其中一发炮弹落在离我们的隐蔽处大约30米的地方，但没有爆炸。莫塔西姆终于爬到了我身边。看到他活生生地出现在我面前，我太高兴了，竟然一时忘了埋伏在对面的狙击手。一颗子弹擦着我的耳边呼啸而过，逼我卧倒在地。

"应该从这里冲出去，"我儿子说，"我派了一个连在下面牵制敌人，它最多能撑一小时。叛军不停地有援兵到来，坦克很快会到，整个区都会被包围。我们朝北撤，这是留给我们唯一的缺口。"

埋伏的狙击手使我们趴在地上不能动弹，不可能抬头。莫塔西姆带了两个卫兵，沿着矮墙溜进了一个花园。随着一枚手榴弹的爆炸声响，对面的射击停止了。莫塔西姆和一个卫兵平安回来，另一个牺牲了。

我们赶紧朝一栋房子跑去，但还没等我们到它跟前，它就被炸毁了，我们在炸弹声中退了回来。一些士兵示意我们和他们会合，到一栋别墅里去。将军扭伤了脚踝，一个卫兵扶着他跑。房子就在50米远的地方，但它就像世界尽头那么遥远。莫塔西姆推我向前走。我们终于到了别墅，路上损失了两个士兵。叛军发现我们了，朝我们的撤退位置收拢，几辆装载了重型武器的小卡车开道。在阳台上，士兵们试图掩护我们，受到一阵炮轰。我们进了别墅，房子在狂轰滥炸下已经塌了，窗玻璃全部碎了，墙在大口径步枪的射击下已经千疮百孔。炮弹如雨下，把我们的藏身之所变成了地狱，屋子里尘土和硝烟弥漫。伤员的嚎叫声从楼上传来，一个男人从楼梯上面蹒跚地下来，一条手臂炸飞了，脸黑黑的；他连滚带爬地从台阶下来，滚到一楼离我两步远的地方，冲我做了一个鬼脸就断气了，眼睛瞪着。

叛军现在已经近在咫尺，有一些已经爬上围墙，钻到花园里来了。我的卫队对他们一阵扫射。

莫塔西姆告诉我，房子抵挡不住迫击炮和防空机枪的攻击，我们应该撤离。

"我出去侦查一下，"他说，"我看到另一边有些果园。坚持到我回来。"

他挑了几个人跟他从边门出去，我此后再也没见过他。几分钟后，他的小分队中只有两个人回来了。

"上校受伤了。"他们当中的一个告诉我。

"你们扔下他不管了？"

"没办法了，先生。我们牺牲了六个人去救他，但叛军把他活捉了。"

我什么都不想再听。在我看来，一切都那么虚假、荒唐、徒劳无益。活着还是死去，有什么分别？我儿子落入了野蛮人的手里。我甚至无法想象等待他的是什么命运。巨大的愤怒折磨着我。将军知道我正在放弃一切，放弃战斗，放弃抵抗，放弃逃跑。他抓住我的胳膊，把我朝边门拖去。我愣愣地跟着他跑，对将要发生的事情完全无所谓了，甚至都不顾追着我们打的枪弹了。

我只能模糊地看到眼前的田野，头盔松了，掉在地上，我没有去捡，只知道自己在跑。我的胸膛在燃烧，心跳就要停了。

叛军在一块空地上拦住我们，卫兵把我藏在一个小丘后面。激烈的枪战，一个我的人仰面倒地，手被炸飞了，他朝进攻我们的敌人扔去的手榴弹撞到护墙上，弹回我们的阵地上爆炸了。将军被弹片打中，躺在我身边，肚子被打破了，肠子流出来。他想跟我说什么，但已经说不出话了，脸色土灰，嘴巴一动不动，我想他刚刚死去。

有朝一日，世界上所有的生命都会结束，这是规律。

"人生不过是一场梦，死亡会把我们从梦中唤醒，"我舅舅这样安慰自己，"重要的不是你带走了什么，而是你在身后留下了什么。"

我站起来，扯掉了我的防弹衣，扔在地上，我把枪也丢在地上，开始在田野里奔跑，祈祷一梭子弹结果了我，把我打飞，让我远离这个疯狂的世界。

一根很粗的农用排水渠出现在我面前，我不知道为什么要选择藏在里面。

第十六章

一些人飞快地跑过来，从我的藏身之所边上经过，走远了。我的手在颤抖，膝盖不听使唤，刚才的狂奔让我筋疲力尽。我在昏暗中蹲了下来，一阵头晕和恶心。我的心跳得那么厉害，我担心它会把追我的人招来。

我羞愧于自己成了猎物，我，穆阿迈尔·卡扎菲，万能的黑兽；我羞愧于在那帮毛孩子面前逃跑，像疯子一样在田里奔跑；我羞愧于自己沦落到躲在排水渠里面，我，曾经在联合国用手指敲桌子让总统和国王们警醒。

我想哭，但眼泪流不出来；我想跑到外面大叫："我在这里！"但我连一个脚趾都不敢动。我过去的勇敢离我而去，我要命的领袖魅力如今只是一个传说。

我以为自己命中注定会死得风风光光。有时候，当我想到死亡，我看到自己躺在一家之主的床上死去，家人和我最忠心的臣民围着我。我想象我的遗体摆放在总统府，装饰着无数花环和旗帜，世界各地的君王、领导人和军官都来到我摆满鲜花的遗体前默哀。我的棺木会放在一辆插满国旗的灵车上缓缓驶过的黎波里的大道，后面跟着几百万悲恸不已的民众。在挤得水泄不通的墓园，我听到伊玛目们朗诵《古兰经》最令人动容的章节，祈祷我的灵魂得到安息，一铲铲的土凝聚着我的人民对我的爱戴，几百声礼炮向全世界宣告：令人难忘的穆阿迈尔已经不在了。

我错了。

只要当初我听乌戈·查韦斯[①]的话，接受他为我提供的庇护，那我现在应该在委内瑞拉的某个地方安

---

① 乌戈·查韦斯（1954—2013），委内瑞拉原总统，2013年因癌症去世，遗体被放在水晶棺中保存。

度晚年，而不是在一个下水道的尽头等着刽子手们找到我。我当初怎么会傻到这个程度？

骄傲会让人失去理智。在统治万民的时候，人高高在上容易得意忘形。而我到底在统治什么？想达到什么目的？说到底，权力就是一种错觉：你以为自己知道，结果却发现自己满盘皆错。不仅不检查修正自己，反而执意只想看到事情像我们希望的样子。我们以为自己可以做得更好，固执己见，坚信一旦撒手，就会坠入地狱。

而现在，情况正好相反，我之所以落到这般田地，是因为我不肯撒手。

我盯着水渠尽头的亮光，屏住呼吸。

我不愿意去想我的儿子，想我自己将要忍受的命运。我要把脑袋清空，但我根本无法在不安的旋涡中平息心情。

时间一分钟一分钟地过去。

我听到枪炮声更加激烈，火箭弹对阵手榴弹，车辆来来往往，发出轮胎摩擦地面的声音。

我孤身一人。

孤身一人在这个世上。

被我的守护天使和教士们所抛弃，那些教士为了让我在给他们的支票上多画几个零，曾预言说我将百战不殆、所向披靡。

我的那些替罪羊，那些英勇的女保镖，那些当众鞭打自己以表忠心的死士……都去了哪里？"噗"地从人间蒸发了！消失在苍茫大地。他们真的存在过吗？还有我的人民，以前拥护我，和我同甘共苦，是我坚强的后盾，曾经发誓要追随我去"真主的声音"指引我去的任何地方，他们想踩着我的枯骨去哪里？……

我的人民一开始就欺骗了我，自从那个早晨我砸了班加西的电台，把尊严还给了人民。我的人民，他们从来没有爱过我；他们学我的朝臣、亲友和妓女，一味地奉承我，为了得到我的恩宠。

我本应该有所怀疑：一个君王是不能有朋友的，他有的只是在背后搞阴谋的敌人，和像蛇一样被他放在怀中暖过来的机会主义者。

我当初还应该听巴瑟姆·塔努特的话，他是很久以前我在伦敦英国军队实习时认识的一个利比亚诗人。他是个自由活跃的人，坦诚，笑起来像孩子。他当时在流亡，祖国对他而言是一堆硬邦邦的旧书和一沓他写反抗诗句的白纸。我发动政变后他很快就回国了，我们继续来往。我统治的最初那几年，他定期来我家。之后，他来的次数越来越少，后来就再也见不到他了。他推掉了我的官方邀请，也不回我的信。我以为他出了什么意外，遭遇了什么不测，于是派人出去找他。一天夜里，我的警察把他带到我的跟前。诗人看上去很颓废，和他皱巴巴的衣服一样萎靡不振，方圆几里都能闻到他身上的酒味，他像犯了毒瘾的人一样浑身发抖。当我问他是否遇到了什么麻烦时，他回答我说，他的麻烦就是我："你让我失望，穆阿迈尔。"

他醉醺醺地说："你正在用你的左手把你右手打好的基业毁掉。别相信人们的欢呼声，那就像美人鱼的歌唱，那种热忱会让人上瘾，是自我膨胀的催化剂，一晌贪欢必然走向覆灭。"他的话让我很受伤，我把他从我眼前赶走了。一连几个星期，他的指责都盘桓在我的脑海里。为了赶走这些念头，我把诗人关在地牢里。他被捕三天后，监狱看守发现他在牢房里自尽了，墙上留了一首莪默·伽亚谟的四行诗作为他的遗言。

现在想来，当昨天的欢呼变成了今天竞技场上的嘘声一片，巴瑟姆·塔努特应该是我曾经有过的唯一朋友。

我也想起了另一些人，走路一个比一个瘸，他们走在被我送去的苦役犯监狱院子里的石板上。所有人都用同样的目光看着我，那种有去无回的眼神，那些我永远不会再见到的人的目光。那一个是部长，最终被吊死了；那一个是分裂分子，被酷刑折磨致死。蹲监狱的人很多，要么是辜负了我的信任，要么是辜负了我的一片好心。他们是我的敌人，罪有应得。但人民，我的人民，我咬着嘴唇用产钳接生的芸芸众生，我在每一次讲话中都要赞美、在各国的聚会中都要褒扬的人们，他们到底是被什么鬼迷住了心窍，旦夕之间，预先也不知会一声，就完全不顾我为他们所做的一切，决意要把我钉死在我的光荣柱上？

我不后悔自己曾经的暴虐。

那是合法的，也是必须的。

一个领袖，如果要对一个国家负责，哪怕他肩负救世的使命，他也不会伸出他另一边的脸去给冒犯他的人打。相反，如果要尽心尽责，就应该砍掉那只伸到他身上的手，哪怕那一记耳光是他亲生父亲打的。在这一点上，我的良心很安稳，我完满地完成了任务。我杀害、折磨、恐吓、围捕、株连了不少家庭——我别无选择，但没有伤及无辜。那些人，在最后审判的时候，我已经准备好了面对他们，逼他们低头，因为他们犯了错……在真主的审判庭上，他们有胆量正视我吗？当被问到"你们对我选中的人做了什么"时，他们要怎么回答……他们将无言以对，就像没有勇气正视我的眼睛一样。当他们被罚入地狱的时候，让他们后悔见鬼去吧！自掘坟墓的人不值得原谅。利比亚再也不会见到照亮前路的白天，它到哪儿都无法寻到阳光，因为黑夜将是它的宿命。

突然，有裂开的声音……几块小石子滚到排水渠里，然后一个影子出现在水渠口的白色光晕中。我先看到一把枪，然后是一个侧过来的脑袋……"他在这里！我找到他了！他在这里，长官……"奔跑的脚步声再次靠近。一帮叛军跳到沟里，拿枪指着我。他们不敢靠近我，保持一定的距离，犹豫不决，目瞪口呆。

一个身穿伞兵突击队服的人走了过来。

"他在哪里？"

"在里面，长官。他蹲在最里头，左边。"

长官摘下头盔，静静地看着我。

"我真不敢相信我的眼睛，"他感叹道，"真的是你吗，还是你的替身？"

他向前一步，然后又一步，像一个扫雷员在雷区一样，小心翼翼地前进。他害怕再走近，弯下头，好像难以置信，需要时间来确定眼前的一切并不是幻觉。

"不，真的是他，"他大叫，"的确是穆阿迈尔·卡扎菲。只有他会落到这样的下场：像一只老鼠……像一只下水道的老鼠在一条排水沟的尽头。"

在他身后，那句话被传开了："是卡扎菲，是卡扎菲……"

长官张开双臂：

"给我什么我都不愿意错过这一幕。怎样的画面，怎样的教训！自以为高高在上、不可一世的人被堵在一个肮脏的排水沟里……这是回老家啊，兄弟领袖。你是在单峰驼的粪便里出生的，你将死在你自己的粪便里……阿姆尔，"他对一个同伴叫道，"把你的手机掏出来，把最后这一幕给我拍下来。"

水渠尽头的影子开始散开。几个手机亮起来，为了把这一幕永远地记录下来。

水渠里的闪光灯闪了几下后，长官抬起手，示意结束这一仪式。他勾勾手指催促我跟他出去：

"把你的臭皮囊挪到这边来，兄弟领袖。我迫不及待要紧紧地拥抱你，把你的尿从你的屁眼里挤出来。"

比他的粗鲁更让我震惊的是自己的被捕。

"过来找我啊。"我挑衅道。

"那多不好意思。"

"他可能有武器。"一个叛军士兵一边瞄准我，一边警告道。

"兄弟领袖不用拿武器这么麻烦，"长官说，"神的力量与他同在。"

嘲讽的笑声在赞许长官放肆的话。马上，一个班的士兵朝我扑过来，我感觉自己都要被撕碎了。

他们把我推出了排水渠，一些武装士兵默默地把我围在中间。他们不出声，不敢相信自己的眼睛，一时说不出话来，其中很多人都是第一次这么近地看到我。我认定如果我清清嗓子，他们一定会头也不回地四下逃窜。围着我的士兵大多数都是比步枪高一点点的孩子，一身军人的装束非常可笑。有些人受不了我的目光，把视线挪到别处；另一些人没办法控制脸上肌肉的抽搐。

得知我被捕的消息，成群的叛军跑来，还朝天上开枪庆祝。Allahou aqbar... mort au taghout... Oussoud Misrata, les lions de Misrata...①几分钟的时间，我身边就围了一百多人，挤在一起为了凑近了看我这头怪兽。

他们推我，拖着我穿过田野，朝我吐唾沫，说要用最残酷的法子折磨我。我丢了一只鞋，被石头绊了，被枪托驱赶着向前……

一个粗野的狂热分子突然冲到我面前，随手就打了我一巴掌。

我冲他笑着说：

---

① "真主至大，处死假神……米苏拉塔的狮子……"

"我饶恕你。"

"我可不饶恕你，精神病，你身边没有任何人会饶恕你。"

"他说了什么？"后面有人打听。

"他说他饶恕我们。"

"他真厚颜无耻，他还把自己当作是仁慈的真主安拉。"

舌头开始活动了，嘲笑和争论就像草原上的火，很快就蔓延开来，叫声越来越高，要处死我的呼声，震耳欲聋，几近癫狂。成百上千只猴子冲我嚷嚷，唾沫四溅。我只看到充满唾沫星子的嘴巴在叫嚷，眼睛充血，无数双手要把我捏碎。负责押送我的人已经完全控制不了局面，他们用手去挡，想阻止同伴的手碰到我，但无济于事。长官尽管命令队伍后退，但也没有效果。在周围狂热的气氛中，谁如果一个跟跄肯定就要倒霉。我努力笔直向前走，抬头挺胸，尽量保持我的身份和我昔日的光环，但荆棘把我的那只光脚变得跟被火炭烧过一样，逼得我一瘸一拐地蹦跳。在包围着我的疯狂中，我只看到了仇恨和诅咒。一张张脸在黑压压的人浪中变得模糊不清，眼白掀起恶毒的浪花。他们扯掉我的头巾，几千只手在打我的脑袋；有人扯掉了我裤子上的一块布，几千根手指在掐我的屁股，猥亵我的私处；有人扯掉我一根头发，几千口痰吐在我身上，几千个散发着恶臭的喉咙叫嚣着要我的命。

我拒绝接受接下来发生在我身上的事情：那是一个噩梦。一切都那么荒诞、夸张、无耻；一切都显得那么超现实。那些朝我吐唾沫的丑陋的嘴脸，他们还是人吗？这些好像从黑暗中冒出来的像触角一样的胳膊，它们是如何在包围我的枝蔓缠绕的茂密森林里抓住我的？"现身啊，凡·高。为了你挚爱的艺术，现身啊，让我从噩梦中惊醒。我想重新回到我宫殿中那张奢华的床榻、对我唯命是从的奴仆和旖旎的后宫……"凡·高没有出现，哪儿都没有。我没在做梦。我的噩梦和我额头的鲜血一样真实。我没有意识到刚刚砸破我脑袋的那一记枪托，而且，我已经没有任何感觉了。我对所发生的一切的感知是混乱的，我的感觉很奇怪，好像自己从现实中抽离了，到了一个失去任何参照的世界。或许是前一天注射的海洛因终于开始起作用了。我感觉轻飘飘的，被这群我曾经爱护疼惜的残忍民众托着，他们准备空手把我撕成碎片。

叫骂声让我眩晕，我变得神志不清，就像在惊涛骇浪中飘摇的遇难船只的残骸。"把他挂在皮卡的后面，让车拖着他在沥青路上行驶，直到他的血肉都渗透到马路上。"殴打和咒骂狂风骤雨般落在我身上。我没有抵挡，沉浸在混沌之中，任由自己受命运的驱使，像基督伊萨一样，头戴荆棘冠冕，满脸鲜血，弯腰扛着他的十字架，走在背信弃义的人群当中。

我不害怕。

我的意识变得模糊。

我只是依稀地感到周围的一切在旋转，所有的感知都消失了。

人们把我丢到一辆小卡车的后头，卡车在人群中艰难地辟出一条道路。它的喇叭声在我的心中回响，就像神的启示奏响的圣乐。我不再是有血有肉的凡人，我就是悲剧，就是死亡本身；民众们抓着把我引向其他磨难的小卡车走向毁灭，我对他们甚至没有怜悯。

车子停住了。成群的野蛮人挡住了它的去路，把它淹没了。我被抓住，架起来，然后被丢在狼心狗肺的人群当中。无数的爪子撕掉了我的衣服还有皮肤。有人用一把刺刀戳进我的身体。施暴开始了；这一次是动真格的了。他们把我生吞活剥。我不反抗，任由他们把我撕成碎片也不吭一声，不向任何人乞怜。我就像那头被丢给一群鬣狗撕咬的老狮子，听从命运的摆布，坚忍而保持自己的尊严。分享猎物到了最极致的时刻，成群的秃鹫在抢夺我的肉身。吃吧，我很愿意把它给你们；撕肉吧！剥皮吧！你们可以拿走我的四肢、我的内脏、我的肌肉，但我的灵魂会比你们活得更久。你们的诋毁会成为对我的歌颂，我忍受的酷刑是我的救赎。只有出类拔萃的人才会有这样的结局，在人群中死去。我已经完全赤身裸体，殴打变得更加疯狂，无数双手在我的私处乱翻，抓伤我的背，捅我的直肠；我没有任何感觉，我已经超越了这些施暴者和他们的血腥暴虐。所有的毒素都被清除了，我再没有愤怒和仇恨。我属于不怀疑、不惊讶、不发火的圣灵，因为愤怒就是承认自己的软弱——在人类犯下的蠢事面前屈服的还是神吗？我已经超越了人的阶段，超越了这些终将难逃一死、充满傲慢和错误的生命。我把我的皮囊留给他们，让它去包裹他们自己悲惨的命运，摆脱了恐惧和束缚，我已经准备好朝永恒的天国飞去。我的罪孽已经用我的鲜血洗清，在我咽下最后一口气时偿还了，因为我像一个殉道者一样死去，为了让传说得以重生。我不再是一个元首，而是一个先知；我的蒙难会成为我的养分，以后，我将变得比山还要高大。

突然，在百般折磨当中，我抬起头，看到了向我吐唾沫的丑恶面孔上面的天空。刹那间，我仿佛看到一轮满月代替了太阳。在最后的清醒中，我随口做了一次祷告：真主安拉，原谅他们的冒犯，就像我原谅他们，因为他们不知道自己在做什么……一声枪响。近距离的，是给我的，给我的致命一击。真主安拉决定缩短对我的酷刑，我知道他不会抛弃我。真主安拉不会抛弃他选中的子民；他让他们的死亡变成新的信仰的开始，把他们所受的痛苦当作永生的考验……

我缓缓地摔在地上，解脱了所有束缚，放下了我的罪孽，抛开了我的悔恨。我从伤口中重生，就像刚从母亲的肚子里出来的婴儿。

慢慢地，叫喊声渐次平息消隐了，然后是脸，然后是白天的光线。我正在死去，但我留下的印记将永存。我曾经让人们印象深刻，我注定要活在人民的记忆里，一代代人飞快地逝去，而我将代代相传，不被忘却，直到历史成为我的金字塔。人们将怀念我，在学校歌颂我；我的名字将被刻在大理石碑上，得到供奉，我的史诗将被诗人和戏剧家传唱，画家们会为我画比地平线还要广阔的画卷。他们忏悔的时候会景仰我，为我哭泣，我会有很多圣人和门徒，就像那些杰出的领袖。

那我就告辞了。我已经到了尘世的另一边，在那里，没有亵渎，没有蔑视，没有任何误解会让我相信民众的爱戴就像一句没有任何东西可以摧毁的誓言……

我的灵魂已离我而去。

我盘旋在尘世上头，看到救护车在人群中辟出一条路，把我带到我不知道的什么可怕的马戏团。叛军在庆祝他们无耻的弥撒，另一些人挥舞着我染血的衣服碎片，当它是胜利的奖杯。我看到沥青路上轮胎烧掉的痕迹，枪栓在阳光下闪闪发亮，叛军的旗帜在迎风招展，但我既没有听到欢腾的喧嚣，也没有听到庆祝的人们朝天发出的欢呼。

我看到一切，紧张抽搐的脸上的汗滴，欣喜若狂的眼睛，唇边一圈厚厚的唾沫星子。人群在疯狂地庆祝，看热闹的人拿出手机把这邪恶的一幕永远地记录下来，但我什么也听不到，甚至听不到让我心向往之的宇宙的气息。

在所有的幻象中，母亲在叫我。她的声音从被沙漠侵蚀的费赞的角落传到我的耳边。我看到她双手抱着头，被不服管教、调皮捣蛋、童年的我气疯了："你只有一只耳朵在听。这只耳朵你只愿意听魔鬼的话，而另一只聋了，什么道理也听不进去……"就在这一刻，就在我要消散在虚无中的时候，我明白了为什么那个被割了耳朵的该死的凡·高强行闯进我的梦和癫狂里。

但为时已晚。

阿尔及利亚的夏天
——雅斯米纳·卡黛哈印象

一

"向着光明走去的人永远不会孤单"，这是雅斯米纳·卡黛哈官网首页滚动的一句话。的确，他不会孤单，被誉为"继加缪之后，阿尔及利亚当代最重要的作家"。目光清澈的雅斯米纳·卡黛哈总让我不自觉地想起加缪，不管是读他的书还是听他的电视访谈。这位出生在离当年圣埃克絮佩里遇见小王子的地方不远的"贝督因人"，和加缪一样，也是一位在阳光和苦难中长大的孩子。

《新闻周刊》称他为"罕见的文学家，为当今的苦难赋予了意义"。《纽约时报》评论他的作品"扣人心弦、充满力道……残酷地描写地缘政治间的张力，同时也是对和平的热切恳求"。法国《观点周刊》认为"卡黛哈的细腻之处在于他不会给我们任何回答，仅仅让读者去感受、去理解。跟所有善于说故事的文学大家一样，他笔下的各个人物也充满矛盾和冲突"。2013年，他的名字载入法国的《小罗贝尔专名词典》。从1973年至今，他创作出版了三十多部作品，被译介到四十多个国家和地区，东方三部曲《喀布尔之燕》《哀伤的墙》《巴格达警报》已在台湾翻译出版。他的作品经常流露出对最残酷、最疯狂、最荒诞的现实的关切，代表作有《狼群在想什么》（1999）、《作家》（2001）、《喀布尔之燕》（2002）、《骗局》（2002）、《K表妹》（2003）、《逝者之份》（2004）、《哀伤的墙》（2005，畅销35万册，获2006年法国书商公会文学奖，进入国际IMPAC都柏林文学奖最后决选）、《巴格达警报》（2006）、《今夕何夕》（2008年法国电视小说奖，2008年年度最佳图书）、《不幸之巅》（2010）、《卡扎菲的最后一夜》（2015）……多部作品被改编成电影、戏剧、木偶剧、连环画、舞剧，如《喀布尔之燕》的戏剧版《喀布尔安魂曲》由巴西阿默克剧团推出，参加了2014年9月的中国"爱丁堡前沿剧展"，在北京、上海、武汉、南京和深圳五地巡演。2003年诺贝尔文学奖得主、南非作家库切也把卡黛哈作为当代重要作家，说他"笔下描绘的世界宛如人间炼狱：饥馑、荒芜、恐惧、窒息"。

二

雅斯米纳·卡黛哈本名穆罕默德·莫莱塞奥，1955年1月10日出生在阿尔及利亚境内撒哈拉沙漠的小村落。父亲是民族解放阵线的军官，1958年受伤。儿子九岁时父亲送他去了军校，希望他日后成为一名军官。穆罕默德在军校完成学业，如父亲所愿成了一名军官，在阿尔及利亚部队一待就是二十五年，直到2000年退伍，全身心投入文学创作。20世纪90年代阿尔及利亚内战①期间，他曾是AIS救世军和之后GIA武装组织的主要负责人，尤其在奥拉尼地区。

"很小的时候，我的世界就被没收了。是电影和文学把这个世界还给了我。"穆罕默德说他在结婚之前不懂得与人交谈，也不懂待客之道，因为在军队除了服从还是服从，所有的对话都简化为"是，长官""不，长官"。只有想象是自由的，写作成了他的寄托，他的乌托邦，想象再造了那个被剥夺、被屏蔽的世界。小穆罕默德十一岁开始写作，第一部作品是一篇仿作，"抄袭"了经典童话小拇指的故事：小穆罕默德帮助哥哥们走出了森林，而他没有，最后他决定留在森林里！小穆罕默德已经在卡黛哈日后要走的路上撒下了白色的小石子。或许这里还有他母亲的影响，母亲在撒哈拉部落里负责讲故事。孩子感觉自己从某种程度上继承了这一职能。不过不是讲故事，而是写故事。

1984年到1989年，他用本名发表了六部小说，作

① 20世纪90年代，在第一次多党选举中，伊斯兰原教旨主义政党"伊斯兰教救世阵线"取得胜利，但被军方拒绝，由此引发内战，造成约十万人丧生。

家的身份已定，但很快他就招来了阿尔及利亚军方的注意，后者在1988年成立了特别针对他的文字检查委员会。为了躲避审查，他转为地下写作，在接下来的十一年间用了好几个笔名发表作品，渐渐地，他成了雅斯米纳·卡黛哈。

三

据说雅斯米纳·卡黛哈是"绿茉莉"的意思，是穆罕默德妻子的名字。那是1990年，他当时是上尉，不过"茉莉"其实是出版商的自以为是，当他在合同上看到Yamina的名字时，想当然以为是作家妻子少写了一个s，于是Yamina（阿拉伯语是"甘霖"的意思）变成了Yasmina（茉莉）。

笔名是出于无奈，但更是出于爱："我妻子支持我，她的支持让我克服了人生的种种考验。我用她的名字当笔名就仿佛是戴上了桂冠，这也是我感谢她的一种方式。要是没有她，我就放弃了。是她给我勇气去打破禁忌。当我跟她说起军方审查的时候，她主动替我签了出版社的合约，并对我说了一句几乎神圣的话："'这辈子，你把你的姓给了我，而我会把我的名给你流传后世。'"

在一个固守传统的世界里，男人用一个女性的笔名，这举动本身就是一种挑衅和革命。雅斯米纳·卡黛哈不仅仅是一个小说家的名字，它代表了爱和尊重，作家说："在女性受到嘲笑轻慢的地方，不幸就会蔓延。"用一个女性的笔名出书，对穆罕默德而言，也是他向阿尔及利亚女性致敬的一种方式，他欣赏她们的勇气。女人们一直守护着希望，就像守护火苗，在一个绝望的国家，这火苗可能就在眼皮底下燃烧，唾手可得，但这个最纯洁最高尚同时也最幽微最腼腆的火苗，人们却对它视而不见。他看到的是一个女西西弗斯的形象：把荒诞世界的石头抬起一点点，石头最终还是会把她压垮，但毕竟，洞穴里的人们在缝隙里看到了白昼。

小说《喀布尔之燕》的开头是一个妓女被人们用石头砸死，结尾是一个疯子被鞭打致死，"毁灭已经触及人们的灵魂"，塔利班摧毁了阿富汗的城市和乡村，到处都是瓦砾、坟墓，也摧毁了人与人之间往日的亲密和信任，取而代之的是猜疑、绝望、暴力、歇斯底里。莫桑和泽内拉都受过良好的教育，家境优渥，他们在上大学时恋爱结婚。革命前泽内拉是个律师，积极投身女权运动，而今塔利班摧毁了她丈夫的小店，而她在没人陪同和脸上不蒙面纱的情况下不被允许出门。莫桑不愿意捍卫妻子所追求的尊严，害怕厄运会随时扑向他。他甚至在疯狂群众的裹挟下，把石头掷向那位被处以石刑、遭人唾弃的妓女，就因为其他人也这么做？疯狂是一种传染病，而解药又在哪里？"喀布尔周围一片荒凉，人们的良心和智慧也已经沙漠化了。"作家扪心自问："我是不是应该继续写那些精神上衣衫褴褛、行尸走肉的人们，而不是那些满满都是爱和热忱的人们？"

四

为什么是用法语，而不是阿拉伯语写作？

"我没刻意去选择。我只是想写作。用俄语、中文、阿拉伯语都行。总之要写！一开始用阿拉伯语写，激流般喷薄而出的诗歌，但我的阿拉伯语老师笑话我，说我不知天高地厚；而那时我的法语水平有限，词汇贫乏，干巴巴写不了几句，但我的法语老师樊森·大卫却鼓励我，夸我有想象力。他确信只要我稍微用点心，我的作文就会突飞猛进。他对我的关注让我大为感动，因为在军队从来就没有人在意过我，我是因为热爱他而最终爱上了他的语言。法语收养了我。而我，我努力让自己配得上它。我用法语写作纯粹是出于感恩。再则，文学从来都不是一个语言问题，而是言说的方式。天才并不是看你的字写得如何，而在文章的意蕴，否则文学和书法就没有差别了。"这里似乎点出了一个关键问题，无论选择哪种语言，目的很明确，只有一个：写作。通常，母语会成为这个工具。但文学史上例外也不少。于是，阿尔及利亚人穆罕默德·穆莱塞奥，在用阿拉伯语写作受挫后，成了雅斯米纳·卡黛哈，法语作家。因为法语教会了他一切：历史、外面的世界、他人、最疯狂的梦想、最可怕的痛苦。经由法语，加缪、卡泰布·亚辛、纳齐姆·希克梅特、尼采、陀思妥耶夫斯基、斯坦贝克、果戈理的作品像一道道光，在黑暗中指引他在残酷的世界迈出第一步，鼓励他把他所看到的世界也说出来。这是一种"星星的友谊"（尼采），小说家在聆听他人声音时，渐渐在自己的内心深处找到了属于他的灵感源泉，在他人绕梁三日的旋律中最终找到了自己的音乐。

当然，还有另外一个非常实际的考量："如果我当初继续用阿拉伯语写作，我今天可能就不会那么有名，并被译介到世界各地，不过这是另一回事了。关键是要出类拔萃，对一个阿拉伯作家而言，在世界文学占一席之位可不是容易的事情。光有天分是不够的。我希望可以相信我的'知名度'是源自我写作的效率，而不是我所使用的语言。语言不过是一个交流工具，而文学注重的是对语言的灵活运用。不管他是奥地利人还是喀麦隆人。他首先都是我的读者。只有在这种认同中，不同肤色、社会文化特性的人才有可能彼此接近。"而且法语也不仅仅是法国的法语，还有马格里布、加勒比、阿卡迪亚、克里奥尔、魁北克等的法语，这些不同地区的人说的法语也带着本民族的特性，丰富了这门一开始对当地人而言带着殖民色彩的语言，让它分化、蜕变，有了一种别样（处）的美。

雅斯米纳·卡黛哈的文字克制节俭，但因为词语和词语间别出心裁的搭配显得奇崛，有了新意却不突兀。"贫穷让我的家庭碎成了齑粉。""当她的目光踉踉跄跄地碰到我的目光，她的脸就红了。""学校的日子日复一日都相似。它们串成一串剪不断理还乱、令人心灰意冷的、似曾相识的珠串。"就连一些"沧海一粟"之类的陈词滥调到了他的笔下都透出一股小清新："尽管我只是海洋中的一滴水，但我坚信我是漫出海滩的那一滴，为了去到更远的地方，不是暴风雨中的一滴，而是被风或被海鸥的尖叫声带走的那一滴亮晶晶的水滴。"

捍卫一种语言的最好方式不是死守，而是主动出击，赋予它新的意象、隐喻和生命。

五

2013年1月26日，雅斯米纳·卡黛哈在接受电视访谈时说："在部队的时候，我被当成怪物，因为我是个诗人；而如今，文学圈的人也把我当怪物看（因为我曾经是个军人）。"2000年，雅斯米纳·卡黛哈从阿尔及利亚军队退役，全身心投入写作，2001年自传体小说《作家》发表之际，他就在《世界报》等媒体上表明了自己的男性身份，更是在2002年的《骗局》中全盘托出了自己的身世。当秘密被公开，地下写作转为地上，很多人为作家感到高兴，但也有很多人揪着他"前军人"的身份和曾经参与的军事行动大做文章。"雅斯米纳·卡黛哈，前军人"，作家说：这毁了一切，人们看到的只是一个（历史的）证人，而不是一个小说家。更有甚者，很多人无法原谅他曾经属于那一个野蛮的国家机器，抨击他手上沾了大屠杀的鲜血。雅斯米纳·卡黛哈不得不以穆莱塞奥少校的身份对事件做出解释。

对作家而言，九岁进军校，他所受到的教育就是要热爱自己的祖国，要时刻准备为它牺牲。看到自己的国家陷入混乱血腥的内战，那种爱之深痛之切，"我打了八年仗，认定自己有一天会战死沙场。我打得筋疲力尽，先生……阿尔及利亚，我并不是在沙龙里捍卫它，而是在游击战中。是的，我还会继续为它服务，它需要我们所有人……军队也历练了当作家的我。我比任何知识分子都更明白，因为我亲手碰触过勇敢、怯懦、恐惧、不幸；我看到一些人受苦，另一些人在灰烬中重生，我在部队里看到了凤凰涅槃。这给予我力量。"卡黛哈说：人永远不能逃离自己的国家，他逃离的只是他自己的真实或不幸，就像他的灵魂在自己的躯体里感到狭窄逼仄、无处安放。他认为只要有几个把国家利益放在一切之上的人，就可以让阿尔及利亚重现辉煌，让世界为之惊艳。阿尔及利亚是人间天堂，但那里已经丢失了梦想，要去别的地方寻找，然后把它种回到故土。他从不否认他的过去，因为他知道，就像马尔克斯在《活着为了讲述》中说的那样："无论今生来世，对作家而言，凡事皆有用。"

他热爱阿尔及利亚，他不希望做一个持不同政见者，惺惺作态地去电视台骂自己的祖国来哗众取宠。和加缪一样，他很快也看到了法国文学圈残酷、可悲的一面："众所周知，今天在法国常见的做法是：为了在文艺方面起步，有时甚至是为了终结，恰恰要选择一位艺术家来嘲弄一番。"（加缪，《反与正》，序言）他忘不了埃克斯普罗旺斯一家书店的女店长，她在最后一刻取消了文学见面会，因为她不愿意书店里来一个（前）军人。卡黛哈说那一天，他有生以来第一次感到了恨，仿佛陷在泥潭里，越挣扎陷得越深，他有点厌倦了自己的"传奇"。成功总是伴随着非议，摆脱不了的标签和身份。

创作是复杂的，历史、文化、传统和个人生活纠缠捆绑在一起，幽暗又显而易见的命运。若看不到卡黛哈把现代社会最禁忌的事件和话题作为创作的素材，如最极端的种族隔离、阶级差异和文明的冲突，而只是被"前军人"这一片叶子遮住了眼睛，那这场"东西方聋子间（甚至还是瞎子间）的对话"要如何继续？

卡黛哈的小说指向他的生活经历，爱过、恨过、战斗过。他笔下的阿尔及利亚不是传统水粉画中我们常见的景致：金色的沙滩，赭石色的房子，明晃晃的阳光，无边无涯的金色沙丘，山峰像一首首石头垒成的诗歌，干涸的河床摸索着寻找消失的水源，混居在城市的人群五颜六色，集市的喧嚣和清真寺里虔诚的祷告……卡黛哈的阿尔及利亚抛开温情的回忆，更多揭露的是以神的名义或权力的名义制造的死亡。到处都在流血，肚子上、心上、脑袋上都有无数的伤口，有的结了痂，有的还没有愈合，可以听到他声音里的愤怒、震惊和黑色幽默，或许只有幽默才可以让人承受破灭的理想、疲惫的日子和无法入睡的夜晚。写作是他的反抗，是呐喊，也是歌谣，听过的人都会被词语的暴力和诗意迷住。

六

除了阿尔及利亚，还有世界。

如果说《天主的羔羊》《狼群在梦想什么》《谍舰》《逝者之份》《K表妹》《黑夜孕育白天》……说的是阿尔及利亚的故事，它的独立战争、腐败和圣战对社会的荼毒，当然还有他自身的故事，充满了回忆和自撰色彩；那么他的东方三部曲说的则是东方的故事，敲响的是后9·11时代的警钟，让我们正视暴力的发生和可能正在我们身边发生的暴力，为什么普通人会沦为恐怖分子甘愿当人肉炸弹。"这个世界怎么了？我们该往何处去？这些野蛮残忍的行为，到底是怎么一回事？”

卡黛哈的小说试图回答这些疑惑，“透过这些小说和我所提供的真相片段，读者得以获得一些概念，可以自行拼凑，还原部分图像。”卡黛哈在2006年接受一家德国电台访问时说得更加直白：“西方国家用自己喜欢的方式去诠释这个世界，同时还发展出一套能够配合自己世界观的理论，但那些理论无法完全反映现实。我建议西方世界要用新的视点去看待阿富汗人、宗教狂热主义以及宗教苦难。西方的读者往往只碰触到问题的表面，而我的小说《喀布尔之燕》给了他们一个机会去了解问题的核心。狂热主义对所有人来说都是威胁，我的贡献在于促进读者们理解狂热主义的原因和背景，然后或许狂热主义就能因此受到控制。”

阿富汗、伊拉克、以色列，还有《卡扎菲的最后一夜》（2015）里的利比亚，卡黛哈思考的是挽歌式的族群悲剧背后的原因。当真主安拉或者真主被过度的宗教虔诚绑架，当民族主义变成一种撒播仇恨的极端对抗，在这场（不道德的）道德圣战中，暴力、恐怖和疯狂就会在对抗双方的心里像癌细胞一样扩散，无人可以幸免，只有人性的宽宥和纯良可以拯救，在绝望的废墟中看到一线生机。"不做牺牲品,也不做刽子手。"(《恐惧的世纪》,加缪)看似很简单,但在仇恨和杀戮成为日常的残酷世界里,连呼吸的空气都变得稀薄,黑和白没了界线,走不出绝望到让人发疯的灰色地带。在《卡扎菲的最后一夜》的开头,卡黛哈引用了莪默·伽亚谟的一首四行诗:"如果你想/向着最终的和平前行/那就对折磨你的厄运微笑吧/但不要折磨任何人。"

卡扎菲有他暴虐的一面,但他曾经给了利比亚一个光荣的梦想。卡黛哈也想过要做那个可以逆转国家命运、让阿尔及利亚重现光芒的舵手。有人爱戴他,拥护他,美国《新闻周刊》的记者甚至认为他是唯一可以把阿尔及利亚从泥潭里拉出来的人。他的系列侦探小说塑造的洛波探长身上就有他自己的影子:正直无私,不惜以身涉险调查上层社会的贪腐。2013年11月2日,他宣布要参加阿尔及利亚下一届的总统竞选。他没有依附任何一个党派,这是自然,他要自己去收集候选人资格所需要的9万个签名,结果在规定时间里他只收集到4.3万个,错失了候选人资格。或许也是因为他的内心更倾向于当一个作家而不是国家总统吧!

　　"在隆冬，我终于知道，我身上有一个不可战胜的夏天。"加缪在《夏天集·重返蒂巴萨》中这样写道。卡黛哈的身上也有一个阿尔及利亚的夏天，阳光总会穿透阴霾。

黄　荭

2016年4月，和园